Luiz Fellipe
A(mar) em notas

TEMPORADA

Luiz Fellipe

A(mar) em notas

TEMPORADA

Copyright © 2023 by Editora Letramento
Copyright © 2023 by Luiz Fellipe

Diretor Editorial Gustavo Abreu
Diretor Administrativo Júnior Gaudereto
Diretor Financeiro Cláudio Macedo
Logística Daniel Abreu e Vinícius Santiago
Comunicação e Marketing Carol Pires
Assistente Editorial Matteos Moreno e Maria Eduarda Paixão
Designer Editorial Gustavo Zeferino e Luís Otávio Ferreira
Capa Sergio Ricardo
Diagramação Renata Oliveira
Revisão Ana Isabel Vaz

Todos os direitos reservados. Não é permitida a reprodução desta obra sem aprovação do Grupo Editorial Letramento.

Dados Internacionais de Catalogação na Publicação (CIP)
Bibliotecária Juliana da Silva Mauro - CRB6/3684

F319a	Fellipe, Luiz
	A(mar) em notas : barco / Luiz Fellipe. - Belo Horizonte : Letramento, 2023.
	144 p. ; 14 cm x 21 cm. - (Temporada)
	ISBN 978-65-5932-432-3
	1. Romance. 2. Amor. 3. LGBT+. 4. Literatura. 5. Jovem adulto. I. Título. II. Série.
	CDU: 82-31(81)
	CDD: 869.93

Índices para catálogo sistemático:
1. Ficção - Romances - Romance 82-31(81)
2. Literatura brasileira - Romance 869.93

LETRAMENTO EDITORA E LIVRARIA
Caixa Postal 3242 — CEP 30.130-972
r. José Maria Rosemburg, n. 75, b. Ouro Preto
CEP 31.340-080 — Belo Horizonte / MG
Telefone 31 3327-5771

É O SELO DE NOVOS AUTORES
DO GRUPO EDITORIAL LETRAMENTO

Para todas as pessoas da comunidade LGBTQIAPN+
que não tiveram o aconchego de crescer com
romances clichês e finais felizes.

Para o Amor.

Agradecimentos

Em primeiro lugar, obrigado, mãe, por acreditar nessa história desde o começo e por ser a fã número um de *A(mar) em notas*. Se os seus constantes pedidos por novas páginas não tivessem preenchido minha rotina durante a criação deste livro, seria impossível chegar até aqui.

À minha amada amiga, Carolina Ruiz, que, de capítulo em capítulo, segurou minha mão, em todas as minhas eras, e confiou em cada palavra escrita.

Aos melhores amigos que alguém poderia ter: Julia Esteves, Rafael Delgado, Fernanda Zaccardelli e Eloá Sanches. Obrigado por lerem as minhas ideias com amor, carinho e lealdade. Além de sempre incentivarem todas a criações, desde as mais loucas até as mais complexas, que vivem em minha cabeça.

À minha família, que sempre investiu na minha formação e possibilitou um ambiente amoroso e feliz para que eu pudesse conquistar os meus sonhos.

A todos os meus amigos que acreditaram em mim, carregados de palavras gentis e motivadoras.

A Clara Edelenyi, Stéffani Rocha e Erik Santos, por criarem as primeiras artes para essa história com tanto talento e dedicação.

Agradeço também à Editora Letramento e a toda a equipe que transformou esse sonho em realidade.

A todos os escritores responsáveis pelas obras magníficas que me fazem acreditar até hoje, e para sempre, que histórias podem criar mundos melhores para todos.

E por fim, para os leitores que abraçaram *A(mar) em notas*, embarcando nessa viagem divertida, caótica e aconchegante. Espero, com todo meu coração, que vocês encontrem um amor tão lindo como vocês.

Playlist

"Toda história de amor...

bit.ly/3TPgDAZ

...tem sua trilha sonora"

Sumário

6   Agradecimentos

7   Playlist

13   A(mar) em notas - Barco

14   Capítulo um
Bem-vindo ao mar

17   Capítulo dois
Um latte gelado com baunilha, por favor

20   Capítulo três
Percy, Annabeth e Grover

23   Capítulo quatro
Prazer, Thomás

26   Capítulo cinco
Sangue

29   Capítulo seis
Como era antes

32   Capítulo sete
Prazer, Breno

35   Capítulo oito
Álcool tem um gosto amargo

38   Capítulo nove
Silêncio

41   Capítulo dez
Choque

44   Capítulo onze
        Eta!

47   Capítulo doze
        Tchau

50   Capítulo treze
        Vazio

53   Capítulo catorze
        Aqui estamos novamente

56   Capítulo quinze
        O momento

59   Capítulo dezesseis
        Luzes

62   Capítulo dezessete
        Bem me quer, mal me quer

65   Capítulo dezoito
        Fica

68   Capítulo dezenove
        190

71   Capítulo vinte
        Frio

74   Capítulo vinte e um
        Red Velvet

77   Capítulo vinte e dois
        Poder

80   Capítulo vinte e três
        Disparado

83	Capítulo vinte e quatro O primeiro encontro
86	Capítulo vinte e cinco Vulnerável
89	Capítulo vinte e seis Você
91	Capítulo vinte e sete Amanhecer
94	Capítulo vinte e oito Sempre e para sempre
97	Capítulo vinte e nove Eu amo você
100	Capítulo trinta X
103	Capítulo trinta e um Oi
105	Capítulo trinta e dois Por quê?
108	Capítulo trinta e três Eu não amo você
111	Capítulo trinta e quatro Contato de emergência
113	Capítulo trinta e cinco Parabéns para você
116	Capítulo trinta e seis O jogo

119   Capítulo trinta e sete
        Feliz aniversário

122   Capítulo trinta e oito
        Obrigado

125   Capítulo trinta e nove
        Augusto & Catarina

128   Capítulo quarenta
        Por favor, não

131   A(mar) em notas - Velas

132   Capítulo um
        Santuário

137   A(mar) em notas - Caderno de personagens

A(mar) em notas

-

Barco

Criada por Luiz Fellipe

Capítulo um
Bem-vindo ao mar

Eu consigo sentir o ar frio pairando sobre o quarto. Devo ter dormido sem perceber, novamente, deixando a janela aberta. Meu primeiro reflexo é buscar o celular na minha mão, ansiando por mensagens. Nada. Tem sido assim há algum tempo agora. Talvez mudar de cidade, de estado, não tenha sido a melhor ideia. Mas quando não existe mais nenhum motivo para ficar, não seria isso um motivo bom o bastante para ir embora? Talvez. Tento voltar a dormir, não querendo pensar ou sentir algo. Fracasso.

Encaro o teto, branco, limpo. Então começo a fazer algo que faço desde pequeno: "Prós e Contras". O meu segundo maior vício. Só perde para a minha obsessão em anotar todas as coisas possíveis no bloco de notas do meu celular. "Prós e Contras" é basicamente uma lista de vantagens e desvantagens sobre algo ou alguém. Todas as minhas decisões sempre foram tomadas dessa forma. Quais são as vantagens de ter me mudado para outro lugar? Eu me pergunto mentalmente. A primeira coisa que me vem à cabeça é: Lar. Nasci e passei praticamente minha vida inteira em uma das mais famosas capitais do mundo: Rio de Janeiro. Não é como se eu não gostasse do lugar. Na verdade, sou completamente apaixonado pela minha cidade natal. O ambiente leve, caloroso e aconchegante. É quase possível saborear o aroma de areia misturado com maresia. A simpatia e extroversão dos cariocas e a facilidade para fazer amizades verdadeiras e duradouras que começam em mesas de bares ou esbarrões pelas ruas. Eu amava isso. Amo. Mas nunca me senti em casa.

É como se esse tempo inteiro eu estivesse de férias, visitando um lindo lugar. Mas algo em mim gritava por lar. Algo que eu encontrei há alguns meses. Em São Paulo. Não foi exatamente uma surpresa para mim. Eu já havia me identificado bastante com a cidade em algumas viagens anteriores. Então quando eu desembarquei para o aniversário da minha mãe e fui arrebatado por uma gigantesca vontade de ficar de vez, eu simplesmente... fiquei.

Minha linha de raciocínio é quebrada por uma notificação que surge no celular. Um e-mail da universidade avisando sobre o início das aulas do meu curso. Eu não preciso pensar nisso agora. Eu não quero pensar nisso agora.

Coloco os fones e procuro por alguma música. Acho que, na minha vida inteira, nunca fiquei um dia sem ouvir música. É como respirar para mim. Necessário. Chego em dois dos meus álbuns prediletos: "Romance", de uma peculiar cantora cubana-americana chamada Camila Cabello, e "Shawn Mendes", de um jovem músico canadense de mesmo nome do álbum. Eu apenas junto os dois em uma playlist e coloco no aleatório. "In My Blood" acerta com peso meus ouvidos. Teria como ser mais irônico? Não acho possível. Eu sorrio rapidamente e me surpreendo com o feito. Não me lembrava dessa sensação. Sabe? Sorrir verdadeiramente, espontaneamente. Sinto falta disso. Eu costumava fazer tanto isso. Consigo sentir as lágrimas formando em meus olhos. *Não.* Eu digo a mim mesmo. *Você não fará isso.*

Então penso em escrever algo. Mas escrever me lembra Elena e eu desisto. Levanto e sigo para a cozinha, pensando em fazer um café. Mas café me lembra Nicolas e eu desisto novamente. Nós costumamos pensar que a dor de um término de namoro é a pior com relação aos finais de relacionamentos. Estamos errados. É a do fim de uma amizade. Essa é a dor mais excruciante.

O despertador toca e eu percebo que estou começando a me atrasar. Corro para o banheiro, entro no box e apenas deixo a água quente cair pelo meu corpo durante algum tempo. Uma voz em minha cabeça julga: *Você sabe que isso é um completo e absurdo desperdício, não é?* Agilizo minha arrumação enquanto preparo algo para o café da manhã. Gato, meu gato de estimação com um ótimo e original nome, me encara na bancada.

– Qual cereal devemos escolher hoje: Crunch ou Sucrilhos? – pergunto enquanto balanço duas caixas em sua frente. – Um miado, Crunch. Dois miados, Sucrilhos.

Gato olha para a minha cara, confuso, e apenas pula para o chão indo em direção ao quarto.

– A ausência de miado funciona como uma mistura das duas opções ou eu fico sem café da manhã? – brinco.

Pego uma das caixas e viro em uma tigela, jogando leite por cima. Afinal, apenas um sociopata faz o inverso. Enquanto como, observo pela minha varanda a larga cidade ao meu redor. Dizem que São Paulo é cinza. Dizem errado. O céu azul e límpido cobre o mar de arranha-céus e árvores pela capital. Eu queria um cigarro. Meu pensamento segue diretamente para a lista de prós e contras. Contra: cigarro mata. Pró: de qualquer forma eu vou morrer. Bem, a lista nem sempre funciona da forma que deveria.

Então simplesmente pego minha mochila, meu celular e tranco a porta do apartamento atrás de mim. Consigo ouvir Gato miar uma vez. Será que é um "tchau" ou ele optou por Crunch? Nunca saberemos.

Capítulo dois
Um latte gelado com baunilha, por favor

Durante o caminho entre o apartamento e o meu trabalho, sempre faço a mesma pausa, no mesmo horário. Escondida entre as grandes construções, existe uma pequena casa, coberta por uma majestosa e antiga árvore. O lugar é uma tradicional cafeteria do bairro. Os laços de amizade e fidelidade entre os clientes e a família dona do local são visíveis.

Passo pela antiquada, porém elegante, porta de entrada e caminho diretamente para o caixa. O atendente, me reconhecendo, já prepara o pedido com rapidez. Ele me entrega a minha mesma bebida de sempre: um latte gelado com baunilha. E eu o pago. Tudo em um educado silêncio. Antigamente eu conversaria animadamente, faria alguma piada e acabaria dando risadas. Mas eu não sou mais assim. Não me sinto mais assim. Costumava amar fazer as pessoas rirem. O som das gargalhadas e os lindos sorrisos ao meu redor enquanto eu contava histórias era como ouro para mim. Eu não sabia. Agora eu sei.

Coloco novamente os fones de ouvido e vasculho por alguma música enquanto tomo um gole da minha bebida. Deliciosa. Abro o bloco de notas e escrevo: Agradecer ao atendente em algum momento por sempre manter a temperatura perfeita das bebidas pedidas. Em meu celular, chego a uma música chamada "You're On Your Own, Kid", de Taylor Swift. Ótima escolha. Bem, talvez o dia não seja ruim. *Não, Murilo*. Paro e chamo minha própria atenção.

— SERÁ TUDO INCRÍVEL! — Eu falo em voz alta.

Talvez alto demais. Um rapaz que passava por mim parece se assustar, me encarando em dúvida.

— Desculpa. Os fones...

Aponto para as minhas orelhas tentando explicar, mas ele já está distante. Verifico o relógio em meu pulso para saber as horas e instantaneamente me lembro do meu pai. Lembro que sinto falta dele. Talvez nas férias eu possa passar algum tempo na sua casa, em Búzios, junto com os meus irmãos. Outra anotação no bloco de notas: Ligar para meu pai.

Começo a andar em direção ao trabalho. Por sorte, ou destino, como quiser chamar, uma das primeiras coisas que consegui em São Paulo foi um confortável emprego. Assistente de um dos Chefes de Conteúdo de uma revista digital. Bem, não é exatamente o que eu desejo. Mas é algum começo. Ainda mais para minha carreira como jornalista.

Minha função é basicamente auxiliar meu chefe em quase tudo. Coisas como buscar cafés e refeições, agendar consultas para seus filhos, organizar seus documentos e suas reuniões. É quase como se fôssemos melhores amigos. Mas sem comermos guacamole ou bebermos um vinho rosé enquanto discutimos sobre a nova temporada de "The Morning Show". Eu preciso parar com o deboche. Urgente.

Entro pela portaria do prédio sede da revista, subo pelo elevador e chego à minha pequena e aconchegante sala. Sinceramente? Eu adoro este lugar. Começo a fazer todos os trabalhos pendentes. É tranquilo, quase divertido. Entre uma ligação e outra, mordisco uma tentativa de almoço. Aos poucos eu consigo finalizar todas as tarefas necessárias. Não há muito mais o que fazer. Então, nesse momento, percebo que chegou a hora que eu estava evitando com tanto afinco: o primeiro dia de aula na universidade. *Fique feliz, você queria isso.* Eu tento. Eu queria, mas não assim. *Um pouco tarde demais para pensar sobre isso agora.*

Vejo meu telefone tocar e percebo que é minha mãe ligando. Provavelmente para me encorajar sobre o primeiro dia com palavras alegres e um forte discurso motivacional. Antes que eu possa atender, a ligação termina. Mais uma anotação: Ligar para minha mãe. Por fim, desligo meu computador e deixo meu escritório.

Antes de sair da empresa, passo na sala do meu chefe, mas ele não está. Organizo alguns documentos e bilhetes em sua mesa e deixo um copo de café gelado. Seu predileto. Enquanto estou no elevador, olho meu reflexo no espelho. Alguma vez você não conseguiu se reconhecer vendo sua própria imagem? É aterrorizante. A cor azul dos meus olhos está ainda mais escura por trás dos meus óculos. E as olheiras também. As portas abrem e eu vou embora.

    O caminho entre a minha universidade e meu trabalho é relativamente curto. Então posso fazer todo esse trajeto andando. Quando chego ao prédio disponibilizado para o curso de Jornalismo, o crepúsculo é visível. Apenas seguro alguns livros e coloco minha mochila no ombro. Respiro profundamente antes de entrar. É hora.

Capítulo três
Percy, Annabeth e Grover

A primeira aula é sobre a história do jornalismo. Interessante. Faço algumas anotações e presto atenção em todo o discurso feito pela professora. Em determinado momento ela começa a fazer algumas perguntas para os alunos. Eu desvio o olhar e encaro a janela. Está chovendo do lado de fora. Em São Paulo isso é uma constante. Uma das poucas coisas que eu realmente não consigo gostar e me acostumar.

Volto minha atenção para a sala. A infraestrutura da universidade é incrível. Não deixa a desejar em nenhum aspecto. A turma não é muito grande. Talvez tenha por volta de trinta pessoas. Esse número diminuirá até o final do curso, certeza. Me pergunto como deve estar sendo o novo período de Administração para Elena e o de Moda para Nicolas. Espero que esteja tudo certo. Espero que estejam bem.

Quando a professora libera a turma, arrumo meu material calmamente, guardando tudo em minha mochila. Pego minha garrafa térmica, que ainda armazena um pouco de chocolate quente, e tomo um gole. Olho ao meu redor e percebo pequenos grupos sendo formados.

É interessante como os seres humanos funcionam. Sua maioria, pelo menos. Estamos sempre em busca de pessoas que possamos confiar e compartilhar experiências. Vemos isso em livros, séries e filmes. Sempre tem o grupo de amigos que se destaca. A equipe fiel e unida. O trio de confidentes leais. Como Percy, Annabeth e Grover.

Deixo a sala e ando pelo extenso corredor. Ele possui armários em suas paredes, basicamente como os colégios americanos. Lembro a minha época de escola. Alguém foi realmente feliz durante o ensino médio? Reflito em silêncio enquanto algumas lembranças bombardeiam minha cabeça. Adolescentes conseguem agir com extrema crueldade quando querem. Eu sei. Por ter sido vítima. E também por ter agido de forma maldosa em alguns momentos. Acredite, ninguém é tão bom que não possa agir errado de vez em quando. Assim como ninguém é tão ruim que não possa acertar alguma vez.

Enquanto espero o elevador, me recordo da memória mais triste que eu tenho sobre meus anos de escola: nunca tive amigos. Por vários motivos. Mudava de colégio praticamente todo ano. É difícil manter qualquer relação quando o tempo e a presença não colaboram. Além disso, naquela época, ainda escondia minha real orientação sexual. E as atitudes homofóbicas feitas por meus colegas de classe frequentemente me faziam temer mais ainda qualquer possibilidade de revelação sobre quem eu realmente era. Acho que durante tanto tempo tentei esconder uma parte de mim que, no fim, me escondi por inteiro. Eu tentava controlar o meu gosto musical e o meu jeito de vestir, até a forma como eu sorria. Então em algum momento eu parei de sorrir. Eu conseguia sentir a dor tomando conta de mim. O medo controlando meus pensamentos. E eu queria gritar, correr, chamar por ajuda. Lutar por qualquer possibilidade de me libertar e ser feliz. Mas era como se eu estivesse paralisado.

Foi então que eu conheci Elena. Nós fazíamos parte do mesmo clube de leitura. Um dia, a caminho de um encontro do grupo, ficamos presos em uma livraria no Centro, por conta da chuva. A partir desse momento, pelo que eu me recordo, era sempre eu e ela, em todos os lugares, o tempo inteiro. É como se eu tivesse encontrado minha alma gêmea. Elena, para mim, é o melhor ser humano que existe. Além de sua beleza física surreal, ela é doce e gentil, respeitosa com todos ao seu redor e amorosa com os seus próximos. Sempre disposta a ajudar e ver o que há de bom nos outros. Por muito tempo foi assim: nós dois.

Até que... bem, até que Nicolas. Enquanto eu e Elena tomávamos frappuccinos em nossa cafeteria predileta, um garoto com um sorriso confiante e desenvolto perguntou se tínhamos um carregador de celular para emprestar. Bastou isso para nós três sabermos que nossa dupla viraria um trio.

Nicolas é absurdamente focado e decidido. Sempre seguro e ambicioso. Desejando o melhor não só para si, mas também para todos os outros. Com a sua ascendência asiática e seu estilo despojado, consegue ser bonito sem esforço algum. Motivando seus amigos a seguirem e realizarem seus sonhos. Sem contar o fato de ter viciado a gente no verdadeiro e delicioso café brasileiro.

Sorrio ao me lembrar dos dois. Elena e Nicolas me amaram por quem eu realmente era. Por quem eu realmente sou. Eles são o que eu mais sinto falta nessa minha nova vida. Não há um dia em que eu não sinta a ausência deles. Essa é a questão sobre melhores amigos: Eles marcam nossas vidas para sempre.

Capítulo quatro
Prazer, Thomás

Coloco os fones e "Someone To Stay", de Vancouver Sleep Clinic, começa a tocar. Então o elevador finalmente chega. Eu, desatento, entro sem nem ao menos perceber alguém saindo. Esbarro com força em um rapaz, derrubando um pouco da minha bebida em sua blusa.

– Ah, não! Desculpa, eu não te vi – digo envergonhado.

Levanto o meu olhar e me surpreendo. Em minha frente está provavelmente um dos caras mais bonitos que eu já vi. Negro, olhos de cor mel, uns dez centímetros maior que eu e também mais forte. Ele olha para sua própria camisa suja e depois para mim. Então sorri um sorriso tão branco e largo que eu acabo sorrindo espontaneamente também.

– Você dirige? – ele questiona.

– O quê? – pergunto sem entender, pausando a música.

O elevador emite um som como sinal e suas portas começam a fechar. O menino então coloca uma de suas mãos entre elas, fazendo-as abrir novamente.

– Perguntei se você dirige.

– Hm, motos apenas – respondo sem saber ao certo o motivo de tal pergunta.

– Quem em sã consciência permitiu isso acontecer? Andando você já é um perigo... – ele sorri novamente, satisfeito com sua própria "piada".

Outro sinal. As portas voltam a fechar. Desta vez eu mesmo as paro, passando por elas e entrando no elevador.

– Eu sinto muito pela camisa – tento me desculpar enquanto aperto o botão para descer.

– Ei, tudo bem, eu estava apenas brincando. Sou horrível fazendo piadas. É só uma camisa – ele responde ficando entre as portas. – Mas você está me devendo uma...

– Camisa?

– Não necessariamente…

– Você está brincando novamente?

– Sim. Você não me deve nada. É só modo de falar. Eu disse que era horrível…

– Ah…

– Sim?

– Bem…

– O quê?

Aponto para ele e depois para as portas.

– Você precisa me deixar ir – digo um pouco confuso.

– Claro – ele ri, percebendo a situação.

Então o rapaz se afasta, liberando as portas. Ele está do lado de fora do elevador e eu dentro. Por fim, as portas começam a fechar novamente. Antes que elas fechem por completo, ele faz uma pergunta.

– Qual é o seu nome?

– Murilo – respondo.

– Prazer, Thomás – ele sorri.

O elevador se fecha. O. Que. Acabou. De. Acontecer? *Calma Murilo, você apenas derrubou chocolate quente em um deus e ele sorriu educadamente.* Deuses sorriem? *Não acho que esse seja o ponto agora.* Você viu o tamanho dele? *Estamos falando de altura ou força?* Os dois.

Eu preciso parar de ter debates complexos em minha própria cabeça comigo mesmo. Sinto que sofro de alguma doença. Bem, é o século vinte e um. No caso, todos nós estamos doentes. Outro dia eu vi um tutorial no TikTok de "Make para arranjar briga na rua e aumentar o engajamento". Doentio, eu sei. Mas pelo menos a maquiagem era linda.

Foco! Nós flertamos levemente ou eu estou apenas imaginando coisas? *Acorda Murilo! Provavelmente ele é apenas simpático.* Fora que ele é bonito demais. *Você precisa melhorar a sua autoestima!* Além disso, ele deve ser hétero. Ele não tem "jeito de gay". *Mas que porra de comentário preconceituoso foi esse agora?* Desculpa. Eu estou me desculpando comigo mesmo por conta de um comentário mental que eu fiz? Gente, eu sou louco.

    Finalmente chego ao térreo e caminho até o portão principal. Antes de sair, volto a pensar no rapaz de sorriso contagiante. Thomás. Foi esse o nome que ele disse. Certo? Bem, de qualquer forma, tarde demais para perguntar. Só espero não ter arruinado a camisa dele de vez. E também esbarrar com ele novamente. Mas sem bebida.

Capítulo cinco
Sangue

A chuva acabou e eu decido que é uma ótima ideia ir de bicicleta para casa. Paro em um dos postos eletrônicos de bicicletas para alugar, escaneio o QR code e destravo uma para mim. Vamos lá, precisamos de outra música. "can you hear me?", de Munn, parece uma perfeita opção para a trilha sonora da viagem.

Enquanto pedalo pela cidade, penso em como sou sortudo. Apesar de tudo. Apesar dos momentos em que respirar parecer ser algo difícil. Apesar da minha imensa confusão emocional. Eu consigo sentir o vento gélido bater contra meu rosto durante meu pequeno passeio. Isso me faz perceber que estou vivo. E eu sou extremamente grato por ainda conseguir me sentir assim.

Na verdade, eu sempre amei viver. Sentir o calor do sol, rir durante os almoços em família, sair com os meus irmãos, nadar e tocar a areia com os pés, beber em bares com amigos e contar diversas histórias entre gargalhadas e choros. Coisas simples assim. Coisas felizes assim.

Eu ainda consigo sentir o vento gélido ou o calor do sol. Mas as emoções estão… amontoadas. Uma grande confusão. A parte física está intacta. Já a parte emocional parece completamente destruída. Tenho tentado tanto não chorar, que aprendi a controlar com maestria qualquer sinal de lágrima. Tenho tentado tanto não sentir, que aos poucos me tornei… vazio. Todos os sentimentos existem, mas a verdade é que eu não sei mais lidar com eles. É triste. Eu acho. Dói. Eu acho. Se eu não sentir, não me machucará. E por enquanto isso é o suficiente. Mas não é o que eu realmente desejo. Eu quero sentir algo!

E assim, respondendo ao meu pedido instantaneamente, o universo age. Eu não sei de onde surgiu o enorme quebra-molas que apareceu no meu caminho, mas é tarde demais. Minha tentativa de desviar apenas piora o tombo. Estou ciente de que existem alguns carros ao meu lado. Por sorte, eu e minha bicicleta alugada somos jogados para a calçada. Rolo algumas vezes pelo cimento duro e acabo de costas no chão. Rapidamente penso nas minhas alternativas: levantar tranquilamente ou fingir um desmaio. Por fim, apenas continuo parado, deitado na superfície fria.

Então percebo a música tocando em meus ouvidos, "Falling", de Harry Styles, e tenho uma crise de riso. Tudo dói durante minha risada. Consigo sentir os cortes pelo meu corpo, talvez alguns machucados no rosto também e um leve gosto de sangue em minha boca.

Paro de rir. O que foi isso? Eu conseguia sentir meu coração acelerado, batendo rápido demais. Minha respiração ofegante. Eu conseguia sentir tudo. Adrenalina. Isso era bom. Talvez eu devesse fazer isso mais vezes. *Você não está pensando em se colocar em situações de risco apenas para poder sentir algo, não é?* Me questiono. Bem, talvez. A Bella fez isso praticamente durante todo o "Lua Nova" e deu tudo certo. *Você está citando como exemplo uma história sobre uma menina com dificuldade em escolher entre um lobisomem e um vampiro?* Sim. *Você sabe que durante esse livro ela feriu a cabeça após um acidente de moto e quase morreu afogada depois de pular de um penhasco, certo?* Sim. *E você percebe a gravidade da sua loucura?* Sim, vamos parar por aqui.

Levanto, com uma certa dificuldade, limpo o sangue que escorre pelo canto da minha boca e subo na bicicleta. Voltando ao meu caminho, penso sobre a ideia idiota de me colocar em situações de risco para sentir algo. *Isso é loucura. Mas funciona. Mas é loucura.* "Shhh", tento silenciar meus pensamentos.

O resto do caminho até casa é embalado por mais músicas: "Be Slow", de Harrison Storm, "Mess", de Noah Kahan, "Follow Through (Intimate)", de Devin Kennedy, "This City", de Sam Fischer, e "Wait", de M83.

Quando passo pela porta do meu apartamento, Gato está presente para me receber. Ele tem esse estranho costume desde pequeno.

– Como foi o seu dia? – pergunto gentilmente.

– Miau – ele responde.

– Interessante.

Jogo minha mochila na cama e sigo para o banheiro. Analiso minhas novas aquisições. Machucados por todo o meu corpo. Encaro meu rosto no espelho e percebo que também há algum dano. Um corte acima da sobrancelha, uma ferida próxima à boca e um hematoma na bochecha esquerda. Fico feliz que meus óculos tenham saído ilesos. Sangue me causa náusea. Antigamente eu apenas dizia isso para fazer charme. Até que em certo momento comecei a perceber que era uma curiosa realidade. O cheiro e o gosto são desagradáveis, mas para mim a pior parte é ver. Então, com uma certa rapidez, começo a fazer curativos. Quando acabo, pego um comprimido para dor de cabeça e tomo um gole de água.

De volta em meu quarto me jogo na cama, sem cuidado, e resmungo por conta do corpo dolorido. Tiro meu celular e busco pelo meu novo vício: Instagram.

Capítulo seis
Como era antes

Nesses últimos meses eu tenho desenvolvido o péssimo costume de verificar os "Stories" dos meus amigos. É bem difícil. Todos estão sempre saindo para festas, viajando para lugares lindos, comemorando algo ou apenas bebendo em algum bar em Botafogo. É difícil porque não tenho mais isso, porque não faço mais parte disso. Não se trata de inveja por eles estarem bem e seguindo em frente sem mim, mas sim de saudade e tristeza por não estar com eles.

Eu sempre penso em parar de acompanhá-los pelas redes sociais. Mas é a única forma que eu tenho de ainda estar e ser um pouco presente. Mesmo que doa, pelo menos assim eu consigo vê-los. A pior parte é assistir aos vídeos ou ver as fotos de Elena e Nicolas. Normalmente eu faria parte deles. Nós sempre acabávamos o dia juntos. Fosse em uma livraria, cafeteria, cinema, praia ou shopping.

Eu fui o primeiro a acabar o ensino médio, um ano depois foi a vez de Elena e um ano após chegou a hora de Nicolas se formar. Enquanto eu lutava para escolher uma carreira, Elena conseguiu passar para todas as universidades públicas e federais do Rio de Janeiro e Nicolas sabia exatamente qual curso desejava.

Em dúvida sobre qual caminho seguir, usei meu tempo livre para me dedicar a aprender o máximo de idiomas: Inglês, Espanhol, Alemão, Holandês e Grego. É algo que eu sempre gostei bastante e definitivamente útil em diversas situações. Paralelo a isso, comecei a trabalhar na empresa do meu pai, como seu assistente.

Nicolas ingressou no curso de Moda e logo conseguiu um trabalho na livraria que sempre costumávamos ir. Elena terminava seu primeiro ano de Administração enquanto conciliava com seu estágio em uma tradicional empresa carioca.

Foi nesse momento que eu sugeri uma ideia. E se nós três dividíssemos um apartamento? Com total sinceridade, quem nunca desejou morar com os melhores amigos? Nós três trabalhávamos na época, nos conhecíamos há bastante tempo, estávamos sempre juntos e buscávamos por algum lugar para chamar de nosso.

Meses se passaram e nós não tínhamos encontrado nenhum lugar interessante. Durante um passeio pelo Grajaú, após o aniversário de um amigo nosso, encontramos uma antiga casa para alugar, em uma quase escondida rua. Não era um apartamento no estilo "loft nova-iorquino", definitivamente, mas algo chamou nossa atenção. O imóvel precisava de reforma e manutenção, com toda certeza, porém nós três sentíamos que era exatamente o que procurávamos. Após algumas semanas, burocracias e muitos telefonemas, nós conseguimos.

– Lar, doce lar – eu disse assim que finalizamos a mudança.

– Mais clichê, impossível – disse Nicolas batendo em meu ombro.

– Ele é o clichê em formato de gente – completou Elena.

Nós três deitamos no chão e encaramos o teto em silêncio por algum tempo.

– Sempre e para sempre, certo? – perguntei, já sabendo a resposta.

– Sempre e para sempre! – os dois responderam.

Encaro o teto do meu quarto. O som de notificação no meu celular quebra minha nostalgia. É uma mensagem. De Elena. "Ei amigo, apenas checando. Você está bem?". Eu olho a tela e penso no que digitar. "Ei amiga! Tudo tranquilo!".

Aqui está um fato importante: Quando decidi morar em São Paulo, Elena me apoiou incondicionalmente. Sendo honesto, na época, eu conseguia ver a tristeza por trás de seu olhar incentivador. Mas Elena sempre foi altruísta demais e eu estava muito danificado e acovardado para conseguir ser sincero.

A(mar)
em
notas

"Desculpa pelo sumiço. Essa semana foi absurda. Você tem certeza que está bem? Não parece estar...", ela manda mais uma mensagem.

Em toda a nossa amizade nós nunca conseguimos mentir um para o outro e sempre sabíamos exatamente o que o outro estava sentindo.

"Não quero falar sobre isso agora...", respondo. "Ele está bem?", pergunto.

"Ele" é Nicolas. Quando contei sobre minha mudança, bem... Foi complicado para nós dois. Nicolas sempre teve um bloqueio emocional muito grande. Então quando escolhi ir embora, não achei que seria realmente difícil para ele. Erro meu. Nós brigamos feio e estamos até hoje sem trocar uma palavra.

Por fim, Elena responde: "Ele está bem na medida do possível. Nós dois estivemos muito ocupados nessas últimas semanas, então não tenho falado tanto com ele. Amigos também brigam, Murilo. Vocês ficarão bem!".

Eu ponho o celular de lado. Eu espero. Eu sinceramente espero.

Capítulo sete
Prazer, Breno

Okay, eu realmente preciso fazer algo. Não posso simplesmente ficar em casa hoje. Sinto que vou acabar enlouquecendo. Não é irônico que até agora eu não tenha ido a nenhuma festa? São Paulo é conhecida por ser a cidade com os melhores eventos noturnos do Brasil.

Olho para o meu armário e então para meu notebook em minha estante. Eu poderia aproveitar meu tempo livre e escrever alguma matéria, algum texto. Não gosto tanto de festas. Há algum tempo na verdade. E para mim a melhor parte era colocar música bem alto enquanto me arrumava com meus amigos para sair. Bem, isso não será possível hoje.

– Quer saber, o que de ruim pode acontecer? – digo como um incentivo.

Eu ainda posso ouvir alguma música no último volume, escolher algo legal para vestir e apenas sair para dançar. Coloco uma das minhas playlists e sou imediatamente atingido com "Blame It on Your Love", de Charli XCX e Lizzo, seguida por "Kiss and Make Up", de Dua Lipa e BLACKPINK, e "Motivation", de Normani. Vasculho por alguma peça que valha a pena. Quando finalmente escolho e visto, paro em frente ao meu espelho. Os machucados em meu rosto continuam bem visíveis. Talvez eu devesse passar algo para esconder. Quer saber? Não. Chega de esconder.

Pego o meu casaco, meu telefone, minha carteira e apenas vou embora. Quando tranco a porta do apartamento, escuto Gato miar escandalosamente em protesto.

– Droga! A comida...

Volto procurando o largo pacote de ração e despejo em um pote.

– Pronto.

– Miau.

– De nada.

A(mar)
em
notas

Busco no meu celular algum lugar legal. Acabo escolhendo aleatoriamente e chamando um Uber para me levar até o local. Aguardo um tempo na fila. Algumas pessoas fumam ao meu lado, grupos de amigos conversam animadamente enquanto bebem drinks coloridos.

Finalmente entro no grande espaço e o ambiente é incrível. "Sanctify", de Years & Years toca animadamente. As pessoas dançam e as luzes criam um clima sexy e desejável. Decido subir para o bar localizado no terraço. Compro uma garrafa de água e aproveito para observar a vista. Consigo olhar uma linda parte da cidade. Poderia ficar parado observando durante algum tempo, mas minha bebida chega ao fim e eu continuo com sede.

Me aproximo do balcão principal enquanto "A Different Way", de DJ Snake e Lauv, domina a festa. Tento pedir mais uma água, porém antes que eu consiga fazer meu pedido, um garoto um pouco maior que eu passa na minha frente descaradamente. Demoro alguns segundos para entender a situação. Qualquer outro dia, eu não me importaria. Mas não hoje. Eu quero a minha água.

– Sabe, existe uma fila... – tento manter minha voz fria e ameaçadora.

Então o menino vira, ficando frente a frente comigo. Mas que porra?! Está tendo alguma fuga em massa do Olimpo? Os deuses nórdicos estão fazendo intercâmbio no Brasil? O homem em minha frente é loiro e levemente bronzeado, marcando bem seus olhos verdes. Seu cabelo liso é bagunçado de forma perfeita e seu olhar é incrivelmente sexy.

– Opa, foi mal – ele sorri. – O que você quer?

Lembrar qual é o meu nome.

– Água.

– Água?

– Sim.

– Com gás?

– Não. Apenas água. Normal. Sem bolhas.

– Sem bolhas?

– Isso.

– Uma água sem bolhas e uma dose de whisky – ele pede enquanto seduz o garçom.

Então pega as bebidas e me entrega a garrafa de água, olhando com certa curiosidade. Eu sei que ele está pensando no que deve falar a seguir. Conheço esse tipo. E devo agradecer aos meus pais por isso.

Uma breve história: Meu pai e minha mãe são as pessoas mais manipuladoras que eu já conheci. Mas não de uma forma ruim. Só se eles quiserem, claro. Meu pai tem a capacidade de convencer qualquer um com o seu charme e astúcia. Enquanto minha mãe consegue hipnotizar a todos com sua beleza e simpatia. E ambos sabem "ler" pessoas e situações com uma precisão absurda. Como uma maçã não cai muito longe da árvore, eu herdei os mesmos… dons. Eu apenas não gosto de usá-los mais. Então ele finalmente abre a boca.

– Prazer, Breno.

Capítulo oito
Álcool tem um gosto amargo

— Prazer, Murilo. — Eu estendo minha mão para cumprimentá-lo.

Ao invés de apertá-la, ele segura gentilmente e a beija.

— O que foi isso?

— Algum problema?

— Meio não higiênico, não é? — questiono ponderadamente.

— Talvez seja por isso que o romance está morto. Talvez ele tenha contraído alguma doença. — Ele sorri convencido.

— Então é um pré-requisito que os caras dessa cidade sejam piadistas — falo, me lembrando de Thomás.

— Quê?

— Nada.

— Água? Em uma festa? — Ele parece desconfiado.

— É mais fácil para ingerir drogas — digo debochadamente. — É brincadeira. Sim, água.

— Por quê?

— Não gosto do gosto de álcool. E sim, eu já tentei. E sim, todos os tipos de bebidas. Simplesmente não desce.

— Isso é triste — ele parece realmente pensar assim.

— Bem, não tanto. Triste é o fato de quase nenhuma festa ter suco de laranja, água de coco ou chá gelado de pêssego.

— Você está falando sério, não é?

— Completamente.

Breno parece levemente interessado. Mas então seu olhar passa por mim, perdendo o foco. Analiso o que chamou sua atenção. Duas garotas debruçam-se sobre o bar em busca de bebidas. Um garoto bonito e esguio está com elas. Os três encaram Breno com um nítido desejo e ele retribui. Eu estava certo. Sorrio por conta do meu acerto. Seguro minha garrafa de água e levanto do banco alto em que estava sentado. Breno percebe meu movimento e então nota que eu compreendi a situação. Ele apenas me encara, com dúvida.

– Bom jogo – eu desejo enquanto vou embora.

Não olho para trás, mas posso jurar que consigo sentir os olhos verdes claros me observando durante o caminho até a escada. O que eu vim fazer aqui? Isso foi uma péssima ideia. Decido ir embora. Pego meu celular em busca de um Uber para me humilhar em uma tentativa de voltar para casa, mas não existe nenhum disponível. Tento mais algumas vezes, mas o resultado continua o mesmo. Ótimo.

– Algum problema?

Eu reconheço a voz. Como diabos eu reconheço a voz? Isso é ridículo. Viro devagar, não querendo demonstrar qualquer emoção. E lá está ele. Lindo e loiro. O problema em pessoa.

– Não consigo pedir um carro...

– Você quer uma carona? – Ele oferece, cortês.

Não aceite, Murilo. Eu tento me alertar. *Você irá se arrepender.* Eu sei. Mas quer saber? Foda-se.

– Sim, quero.

Então ele passa por mim e caminha direto para uma moto encostada na calçada. Com destreza e sensualidade absurda ele sobe na moto e me oferece um capacete.

– Vamos. Ou você tem medo de motos?

– Eu tenho medo de você – falo, quase inaudível.

– O que disse? – Ele pergunta, curioso.

– Nada.

Ando até a moto e pego o capacete. Tento achar algum lugar para conseguir me segurar, mas não encontro.

– Onde eu seguro?

– Em mim – ele responde com total soberba.

Esse cara é um jogador nato. Eu sei que é. Consigo sentir meu corpo em alerta. Mas não importa.

– Onde você mora? – Breno pergunta enquanto dá partida na moto.

– Pinheiros.

– Tudo bem. Você se importa de passarmos na minha casa antes? É caminho.

– Bem, contanto que você não seja um psicopata homofóbico, por mim tudo bem. Eu realmente não estou a fim de morrer, ser torturado ou algo do tipo.

Consigo escutar sua risada através do barulho do motor.

– Fica tranquilo. Eu não irei machucar você.

– Promete?

– Prometo.

Então nós dois seguimos pela rua vazia e fria. Seguro em Breno com mais força do que gostaria. Ele parece já estar bastante familiarizado com tal situação. Enquanto corremos pela noite, penso sobre o que acabou de acontecer. Por que ele desceu? E por que me ofereceu carona? E por que estamos indo para o apartamento dele? *Você pensa demais, Murilo. Apenas viva.* Bem, eu estou tentando. Mas se ele for a porra de um psicopata, aí "eu vou de Series Finale".

Capítulo nove
Silêncio

Ao entrar no apartamento de Breno eu tento controlar minha curiosidade e permaneço parado ao lado da porta de entrada. Ele tira sua jaqueta de couro preto e a joga em uma poltrona próxima. Mesmo com a pouca luminosidade eu consigo observar seu corpo definido por baixo de sua camisa azul marinho. O encaro enquanto ele liga uma luminária no canto do apartamento, pega duas taças de cristal e coloca "Super Rich Kids", de Frank Ocean e Earl Sweatshirt, para tocar. Ele abre uma garrafa de vinho, derrama o líquido nas taças e então me entrega uma.

– O que é isso? – Eu pergunto, um pouco confuso.

– Vinho – ele responde pretensioso.

– Eu sei que é vinho. Não estou falando sobre isso – entrego a taça de volta para ele. – Estou falando sobre termos parado aqui. Era só para você beber? Esquece, eu vou tentar pedir um Uber de novo.

Breno me encara e eu odeio isso. O que ele está pensando? O que ele quer? Eu achava que conseguia entender bem as pessoas, mas pelo visto ele é uma exceção. Realmente não gosto de como isso me faz sentir… vulnerável. Tiro o meu celular do bolso, abrindo o aplicativo.

– Você é sempre assim? – Ele pergunta intrigado.

– Assim como?

– Racional.

– Não! Eu? Racional? Não… Quase certeza que eu sou a pessoa mais emocional que você já conheceu.

– Não, não. Você é extremamente racional.

– Então você está me analisando agora? – pergunto irritado.

– Viu? Você sempre precisa de respostas. Não é?

– Talvez. Isso me faz racional?

A(mar)
em
notas

– Você consegue relaxar só um pouco? – Ele pede enquanto se aproxima de mim.

– Relaxar? No apartamento de um estranho. Parece simples.

Então ele fica bem próximo. Seu rosto está a centímetros do meu. Seu hálito tem cheiro de Trident de morango e Black de menta. Não é possível isso.

– Eu prometi que não iria te machucar, certo?

Breno me entrega novamente a taça de vinho e eu apenas a seguro. Ele se encaminha para a varanda, empurrando a porta de vidro.

– Venha. Eu quero te mostrar algo – ele estende a mão convidativamente.

Quando passo pela porta, consigo ver instantaneamente o que ele quer me mostrar. Acho que estamos no último andar do prédio. Embaixo de nós está a Avenida Paulista. É simplesmente lindo. De tirar o fôlego. Observo com cuidado cada detalhe.

– Sabe – arrisco falar –, amo cidades. Meu pai sempre gostou de lugares mais reservados como fazendas ou chácaras. Já minha mãe é fascinada por pequenos vilarejos em lugares antigos. Mas eu? Eu sempre amei cidades grandes. A mistura entre prédios futurísticos, construções antigas e a natureza original. É quase perfeito para mim.

– Quase perfeito? – Breno parece interessado enquanto enche novamente nossas taças.

– Sim. Gosto do visual. Mas existem muitas coisas que precisam melhorar. Poluição absurda, desigualdade social, preconceitos diários...

– Ah, então você é um desses?

– Um desses?

– Uma dessas pessoas que luta por tudo e todos, como se fosse adiantar algo.

– Sim – falo o mais firme que consigo.

– Você não acha que nós simplesmente somos ruins? Talvez o ser humano seja apenas assim, mesquinho, arrogante, inescrupuloso, hipócrita. Talvez esse seja o caminho. Morrermos soterrados por toda a maldade que nós mesmos produzimos.

– Não.

– Não?

– É, não concordo com você.

– Simples assim?

– Eu não sei onde a humanidade começou a dar errado. E eu acredito que todos nós temos um lado ruim e um lado bom. Cinquenta, cinquenta. Mas nós também temos o poder de escolher. E por mais que seja quase impossível às vezes, nós precisamos escolher o bem. As pessoas reclamam que o mundo está chato, algumas dizem que ainda temos muito o que melhorar. Não está chato, está mudando. E para melhor. E sim, temos muito para melhorar ainda. Mas estamos no caminho. Certo? Um passo de cada vez. Nós somos bons. Só estamos perdidos.

Breno me observa calado. Penso que ele dirá que estou errado ou que minha forma de pensar é tola. Mas ele não fala nada. Apenas continua me olhando em silêncio. Então ele toma um grande gole de vinho, limpa a boca com a mão e me beija.

Capítulo dez
Choque

Gostaria de ter reagido mais rápido. O beijo é forte e rígido. As mãos de Breno passam por meu cabelo e minha cintura. É como se ele soubesse exatamente o que está fazendo. Como se já fizesse tudo isso há algum tempo. Bem, não funciona comigo. Quer dizer, quase funciona. Mas não! Me recuso a ser apenas mais uma parada na trajetória promíscua desse garoto. Empurro seu tórax com as minhas duas mãos. Ele se afasta incrédulo e confuso.

– O que foi? – Breno parece extremamente surpreso com a minha reação.

– Mas que porra foi essa? Eu pedi por esse beijo? Algo do que eu disse durante toda a nossa conversa em algum momento enviou uma mensagem precisa para o seu conturbado cérebro informando que eu estava aguardando ansiosamente por um beijo seu? Quem diabos sai introduzindo a língua na boca de outro indivíduo sem nem ao menos avisar antes? Então esse era o plano? Esse era o real motivo por trás da sua estranha necessidade de fazer uma parada pela sua casa? Me entregar uma taça de vinho, mostrar a vista do seu apartamento e simplesmente me beijar como faz com todas as outras vítimas que você deve trazer aqui? Por que não escolheu os três adolescentes excitados que te encaravam no terraço? O que você tem na cabeça?

Eu o encaro, ciente da minha raiva desnecessária e dramática enquanto tento respirar discretamente. Breno parece estar controlando o máximo possível para não... rir.

– Como foi que você conseguiu falar isso tudo em um fôlego só?

– Eu fazia natação quando era pequeno.

– Sério? – Ele pergunta surpreso.

– É óbvio que não, Breno!

Tento sair rápido da varanda e esqueço que a porta de vidro está fechada. O barulho é tão alto e vergonhoso. Eu não acredito que acabei de bater meu rosto dessa forma. Paro por alguns segundos porque sei o que está por vir. Desde criança meu nariz sangra facilmente. Mais que facilmente. É ridículo. A primeira gota vermelha cai contra o chão.

– Ah não! – resmungo.

– Ei – Breno pega em meu braço gentilmente. – Me deixa ajudar, tá bom?

Eu olho em seus olhos e simplesmente desisto.

– Tudo bem.

Nós voltamos para o interior do apartamento e ele me deixa sentado na sua grande cama enquanto some por um corredor. Algum tempo depois, ele aparece com uma caixa de primeiros socorros e a coloca do meu lado. Breno ajoelha-se, ficando quase na mesma altura que eu.

– É melhor você segurar essa toalha contra o nariz e fazer um pouco de pressão por um tempo.

– Sim… obrigado.

Nós ficamos em silêncio durante alguns minutos. Eu penso sobre minha reação exagerada. Eu sei o motivo. Mas não faz sentido algum explicar isso agora para um rapaz que eu acabei de conhecer. Então eu permaneço calado.

– Desculpa – o som é quase inexistente quando Breno fala. – Eu não deveria ter pressuposto algo. Foi mal.

Apenas faço um sinal com a cabeça concordando. Ficamos mais algum tempo sem falar.

– Eu deveria ir… – tento levantar da cama.

É uma péssima ideia. Sinto uma tontura e acabo me sentando novamente. Provavelmente resultado da batida.

– Dorme aqui, está bem? – Ele propõe.

– Breno, eu não vou…

– Eu durmo no sofá. Você pode ficar com a minha cama.

Ele percebe que eu ainda estou relutante, então insiste.

– Olha, já está bem tarde. Eu bebi mais e você não vai conseguir arranjar um carro esse horário. Amanhã de manhã eu te deixo em casa. Sem paradas.

Breno sorri e eu apenas aceito. Ele apaga a luz do quarto e desaparece pela porta. Eu deito em sua cama macia e gigantesca. Tem o seu perfume. É claro que tem. Não sei se gosto. Mas estou cansado demais para pensar sobre isso. Então, sem notar, eu simplesmente adormeço.

Capítulo onze
Eta!

Eu e Breno estamos novamente na varanda. Ainda é noite e o frio está intenso. Minha mão está em seu pescoço. A mão dele está em minhas costas. Eu sinto o aroma de morango, tabaco e menta no ar. Ele me beija. E, dessa vez, eu retribuo. O clima se torna mais intenso. Eu tiro sua blusa e ele me puxa para seu corpo. O beijo é cada vez mais caloroso. Eu consigo sentir o sol. Sol? Como assim sol? Era noite. Mas eu percebo a luminosidade em meu rosto. Me afasto de Breno e olho ao redor. O dia nasceu. Como o tempo passou tão rápido? Ah, droga.

– Fodeu! – Xingo enquanto acordo rapidamente.

Olho ao meu redor tentando achar meu celular. Descarregado. Ótimo. Essa é uma ótima forma de começar o dia. Eu preciso tomar um banho, colocar meu celular para carregar, comer alguma coisa... Ah não. Eu ainda estou na casa do Breno. Nota mental: Não dormir mais na casa de estranhos. Isso deveria ser uma prioridade constante na verdade. Enfim.

Levanto da cama e procuro por um banheiro. Lavo o rosto e tento escovar os dentes de forma improvisada. Calço as minhas botas e jogo meu casaco por cima da blusa. Como esfriou tanto? Chego na sala e lá está ele, deitado no sofá, completamente bonito e hipnotizante. Tento abrir a porta sem fazer barulho, mas sou estabanado demais para isso. Breno acorda um pouco confuso e percebe minha presença.

– Você está tentando sair escondido? – Ele sorri.

– Sim. Não. Eu só não queria te acordar. Só isso.

– Relaxa. Não tem problema. Vou tomar um banho e faço algo para a gente comer. Que tal?

– É realmente muito convidativo, mas se eu não chegar no trabalho em alguns minutos, vou acabar precisando escrever um texto motivacional no LinkedIn pós demissão – mostro o celular desligado em minha mão. – Tecnologia não é algo muito confiável. Alô "Black Mirror".

Ele ri e eu não sei ao certo se ele realmente entendeu a piada ou apenas me acha drasticamente engraçado.

— Eu levo você. Sem contestar.

Nós descemos pelo elevador e andamos rapidamente para a moto parada no estacionamento. O frio está insuportável e eu tento meu máximo para fingir indiferença. Breno percebe e antes que eu possa rejeitar, coloca sua jaqueta em mim. Eu indico o caminho e nós disparamos. O trajeto é rápido. Breno dirige realmente bem. Em alguns minutos estamos em frente ao meu trabalho. Ele para a moto e eu corro o mais rápido possível.

— Obrigado — grito enquanto desapareço pela entrada principal do prédio.

Com uma incrível sorte, consigo chegar no horário certo. Entro em meu escritório e começo a organizar e fazer todo o trabalho existente. Aos poucos coloco tudo em ordem e fico mais tranquilo.

O fim da tarde chega e eu finalmente percebo a fome que sinto. Preciso comer alguma coisa logo. Penso em minhas opções e decido que irei sair para comer algo antes de ir para a universidade. Então, em pânico, dou conta de que minha carteira não está comigo. Eu não acredito nisso. Eu me recuso a passar por isso. Eu não vou passar por isso. Isso não está acontecendo. É triste admitir que parte de mim pensa que se eu negligenciar um problema, ele deixará de existir. Spoiler: isso nunca funciona.

Penso sobre onde posso ter perdido. Na festa? Na rua? Na casa de Breno? Breno! É só eu ligar para ele e pedir... Eu não tenho como ligar, porque eu não tenho o número dele. Legal. Inacreditável. Por fim, decido descer e tentar sacar algum dinheiro usando minha digital mesmo, como os Maias faziam.

Enquanto caminho para fora do prédio, percebo que ainda estou usando a jaqueta de couro preto. Isso me faz sorrir por algum motivo que eu desconheço. Quando levanto meu olhar e encaro a paisagem em minha frente, meu coração para. Encostado em sua moto, fumando um cigarro e me observando, está Breno. Me aproximo com calma, tentando entender o motivo de sua presença. Então ele tira algo retangular do bolso e me oferece. Minha carteira.

– Você esqueceu lá no apartamento. Achei que pudesse precisar – ele diz debochadamente.

– Há quanto tempo você está aqui?

– Há dois cigarros e meio.

– Obrigado por isso – pego minha carteira e a guardo.

Ficamos algum tempo em silêncio. Por que sempre acabamos em silêncio? Isso me irrita mais do que deveria. É como se nós dois estivéssemos controlando o que queremos dizer. Isso é estranho. Então Breno me entrega um pacote. Abro e fico realmente surpreso com o que tem dentro: batata frita e milk-shake de morango.

– Imaginei que pudesse estar com fome – ele fala sem me olhar, tentando diminuir o valor da atitude.

– Obrigado! – Agradeço buscando ser o mais gentil possível.

A(mar)
em
notas

Capítulo doze
Tchau

Enquanto eu como desesperadamente, mas tentando manter o mínimo de classe possível, Breno apenas me acompanha. Quando acabo de comer, lembro de Gato. Sei que coloquei ração e água o suficiente, mas acho melhor passar em casa para verificar.

– Eu levo você – Breno oferece quando explico a situação.

– Não precisa. Eu não quero dar trabalho e você já me ajudou bastante hoje.

– Não tem problema – ele pondera. – Eu não tenho nada para fazer.

– Breno, não... eu não quero atrapalhar.

Ele levanta e se posiciona em sua moto, me oferecendo o capacete.

– Suba – ele ordena.

Eu apenas sorrio sem graça e subo na moto. Enquanto vamos para minha casa, o vento joga contra o meu rosto todo o perfume de Breno e eu percebo que, sim, eu gosto. Chegamos em meu prédio e quando entro no meu apartamento Gato está parado em frente à porta me aguardando. Ele olha para mim e depois para Breno, confuso. Então mia, passa direto por mim e começa a brincar com a perna de Breno.

– Sério, Gato? – pergunto ofendido.

– O nome do seu gato é Gato?

– Sim.

– Você é original.

– Obrigado – respondo ciente do deboche. – Bem, eu vou tomar um banho e me arrumar para ir para a universidade...

– Posso levar você lá – Breno oferece.

O encaro sem entender. Porque ele está sendo tão solícito? Me levando a lugares, comprando lanches. O que está acontecendo? Por que ele está agindo como se me devesse algo? Ah. Claro!

— Breno, você não precisa continuar fazendo isso. Eu não estou chateado com o que aconteceu ontem. Não é como se eu fosse processar você por assédio ou algo do tipo. Você pode ir embora.

— Não estou fazendo isso por conta de ontem.

— Então por que está fazendo?

— Eu já disse, tenho o dia inteiro livre hoje e...

— E?

— E você me faz rir.

— Desculpa, você por acaso pegou o meu contato no busco-pessoasquemefaçamrir.com?

Breno sorri com a minha piada ruim.

— Viu?

— Breno...

— Vamos fazer o seguinte: Você toma o seu banho e se arruma e eu te deixo na sua faculdade. Você vai assistir sua aula e eu vou para minha casa. Cada um segue o seu rumo. Combinado?

Penso na proposta ainda tentando entender o motivo por trás da permanência de Breno.

— Combinado.

Demoro algum tempo para me arrumar, mas não estou atrasado. Quando fico pronto, Breno está na sala brincando com Gato. Eles parecem velhos amigos.

— Traitor — disparo julgando Gato. — Bem, estou pronto.

— Até a próxima, Gato — Breno se despede.

Então haverá uma próxima? Me questiono.

Deixamos o apartamento e fazemos todo o percurso até minha faculdade. Enquanto nos aproximamos, percebo como estou perto de Breno. Minhas mãos seguram em seu corpo e eu apoio meu queixo em seu ombro. Não deveria fazer isso, mas não me importo. Por fim, paramos em frente à entrada principal da universidade. Desço da moto e o entrego o capacete. Ele tira o dele e apenas me olha. Penso em perguntar o motivo dele sempre fazer isso. Penso em perguntar o que ele realmente está pensando. Mas não o faço. Em vez disso, apenas me despeço.

— Bem — começo —, obrigado pelas caronas. Você foi um ótimo Uber.

— Não foi nada.

Eu consigo ver em seus olhos que algo está errado, que ele quer me dizer algo. Breno parece lutar consigo mesmo uma batalha que eu não compreendo. Por um momento, tenho quase certeza que ele falará alguma coisa, me contará o que está acontecendo. Mas então esse momento passa e ele apenas sorri um triste sorriso. Retribuo com um aceno de cabeça e me viro em direção às portas. Estou no meio do caminho quando escuto sua voz.

— Murilo.

— Sim — me viro rapidamente.

— Minha jaqueta.

Então percebo que ainda uso a sua singular jaqueta de couro preto. Tiro ela e a entrego.

— Desculpa, eu tinha esquecido.

— Sem problemas — ele responde. — Tchau, Murilo.

— Tchau, Breno.

Sinto algo enquanto entro no prédio, mas não sei identificar o que exatamente. É como se eu estivesse triste por ele ter ido embora. Como se eu estivesse com... saudade. *Isso é ridículo, Murilo. Você mal o conhece.* Eu sei, eu sei. Entro no elevador, encaro meu próprio olhar e falo quase inaudível:

— Tchau, Breno.

Capítulo treze
Vazio

Alguns dias passam. Dias que se transformam em semanas. Semanas que completam um mês. Tenho me sentido extremamente sozinho. "I Don't Think I'm Okay", de Bazzi, toca ao fundo. Estou sentado na cadeira, estático, pensando em algo interessante para escrever, enquanto "House With No Mirrors", de Sasha Alex Sloan, "If You Want Love", de NF, e "Saturn", de Sleeping At Last, permeiam o ambiente. Era só o que faltava. Minha criatividade foi embora também. Abro o bloco de notas em uma tentativa desesperada de fazer com que algo, qualquer coisa, surja. Nada. Olho pela janela e apenas sinto o vazio que há em mim. Quando eu me tornei assim?

Penso em mandar uma mensagem para Elena, mas não consigo. Simplesmente não consigo. Nunca senti isso. Quando comecei a ser quem eu realmente sou, percebi rapidamente que as palavras eram o meu maior dom. Escritas ou faladas. Entendi que era através delas que eu conseguiria mudar o mundo. Então, quando notei minha atual dificuldade em me expressar ou simplesmente conversar sobre um assunto aleatório, tive certeza de que algo estava errado. Algo está errado.

Meu telefone toca e eu atendo já ciente de quem está do outro lado da linha.

– O que houve? – pergunta Elena preocupada.

– Como você sabe que houve alguma coisa? – Eu me recuso a admitir.

– Eu tive esse sentimento, você sabe, como sempre...

Eu e Elena temos isso desde nossos primeiros momentos como amigos. Desenvolvemos uma conexão tão grande, que quase conseguíamos sentir o que o outro estava sentindo. Era normal que completássemos as frases um do outro, pensássemos as mesmas coisas e compartilhássemos das mesmas opiniões. Chega a ser levemente assustador. Mas na verdade, eu acho incrível.

– Acho que estou quebrado – respondo.
– Por quê?
– Não consigo falar.
– Você? Murilo? Não consegue falar?
– Ferrou, não é?
– Com certeza! – ela ri solidária.
– Eu...
– Diga – ela me incentiva.

Fico em silêncio. Que raiva. Por que não consigo conversar normalmente com a minha melhor amiga? O que tem de errado comigo? É só falar!

– Você sabe que não precisa se forçar a contar, certo? No seu tempo, Murilo. No seu tempo – Elena diz calmamente.

Essa é mais uma das milhares qualidades de Elena: ela é doce. Realmente se importa quando pergunta como você está. Tem uma grande paciência e respeito pelo tempo de cada pessoa.

– Queria que você estivesse aqui – digo triste.
– Queria estar aí – ela responde.
– Nós precisamos de "Cosmopolitans" em New York.
– Definitivamente – Elena ri.

Antes que eu consiga entender o motivo de abordar tal assunto, conto sobre Breno.

– Conheci um cara.
– E você já está perdidamente apaixonado por ele?
– Ele foi embora.
– Bem, isso foi rápido.

Nós dois rimos.

– Foi estranho, diferente.
– Como? Me conta!
– Não sei explicar. Bem, de qualquer forma não importa. Já tem algum tempo e eu não tenho o contato dele ou algo do tipo, então...

– É por isso que você está assim?

– Talvez. Mas não acho que seja. Talvez tenha um pouco a ver com isso, mas bem pouco mesmo...

– Você não precisa se preocupar, Murilo. Um dia você encontrará um cara que seja exatamente como você sonha.

– É fácil para você falar. Você está sempre namorando!

Nós rimos um pouco mais.

– Você vai encontrar o amor, em algum lugar, em algum momento, quando você menos esperar, lá estará um homem que realmente mereça esse ser humano incrível que você é.

– Por que você não pode ser minha namorada?

– Um: porque nós somos praticamente irmãos. Dois: porque você gosta de homens apenas.

– Bem, você tem um ponto.

– Você sabe que eu amo você, certo?

– Sim, eu sei. Te amo também.

Então desligo o celular, apago a luz e deito em minha cama. Dormir parece a melhor coisa para fazer.

Capítulo catorze
Aqui estamos novamente

Durante mais uma aula na faculdade, percebo a turma ao meu redor. Os grupos já estão formados e eu permaneço sozinho. Enquanto os alunos arrastam cadeiras para ficarem juntos, eu continuo no meu mesmo assento de sempre. É melhor assim. Às vezes eu cumprimento alguém, empresto algo ou apenas respondo alguma pergunta. Mas esse é o máximo de interação possível.

A verdade é que, quando me mudei, não queria conhecer novas pessoas, fazer novas amizades, porque tinha medo do que viria após isso. Além de sentir que seria uma grande traição com os meus outros amigos. Besteira. Eu sei. Então, em algum momento, acabei criando um bloqueio real. Por mais que eu tente, simplesmente não consigo criar novos laços. Lembro de Elena, Nicolas, de todas as pessoas que deixei no Rio, e minha vontade é de voltar.

Apenas rabisco coisas aleatórias em meu caderno tentando escapar de tal pensamento. Me distraio escutando "Bruises", de Reneé Rapp, "Fallingwater", de Maggie Rogers, e "live more & love more", de Cat Burns. Finalmente percebo que a aula chegou ao fim e que sou o único na sala. Ando pelos corredores em direção ao pátio principal. Algumas cadeiras, mesas, sofás e poltronas ocupam o lugar. Os alunos usam o espaço para socializar e estudar. Sento em uma banqueta alta e abro o bloco de notas do meu celular. Enquanto escrevo esboços de possíveis matérias para sugerir na revista que trabalho, escuto uma voz levemente conhecida.

– Esse lugar está ocupado? – pergunta Thomás.

Sem eu saber como é possível, ele está ainda mais bonito. Faço um sinal negativo com a cabeça respondendo sua pergunta.

– Eu posso sentar ou você planeja derramar alguma bebida em mim?

– Sem chocolate quente dessa vez, pode ficar tranquilo – sorrio sem graça.

– Então, você é carioca?

– O que me entregou?

– Vex – ele brinca. – Costuma ser com z aqui em São Paulo.

– Engraçado que vocês saibam diferenciar letras, mas não consigam ler pacotes de biscoitos.

– Uau – Thomás ri.

– Desculpa – digo sem graça. – É brincadeira. Estou apenas brincando.

– Relaxa, eu também.

Ele toca meu braço enquanto sorri e eu consigo sentir a eletricidade correndo pelo meu corpo. Afasto meu braço rapidamente e espero que Thomás não perceba. Ele percebe. Droga. Por que eu não consigo agir de forma natural como qualquer outra pessoa?

– Há quanto tempo você está morando em São Paulo?

– Tem alguns meses.

– Você tem gostado daqui?

– Sim. Eu realmente me identifiquei com a cidade.

– E o que você estuda? – Ele pergunta curioso.

– Jornalismo. E você?

– Medicina.

– Ah, claro. É claro que você cursa Medicina. Onde você estacionou o seu cavalo?

– O quê?

– Nada – jogo minhas coisas em minha mochila e a coloco por cima do ombro.

– Você está indo embora? – Thomás está confuso.

– Bem, sim...

– Você tem algo para fazer hoje?

– Na verdade, não.

– Nesse caso...

– O quê?

– Quer ir comer algo?

– Olha, eu...

– É apenas um lanche, só isso. Nada demais.

– Hm...

– Vamos fazer o seguinte: Se você lembrar do meu nome, não precisa ir. Mas se você errar, terá que sair para comer comigo.

Penso sobre a proposta. Thomás, Thomás, Thomás. Eu sei o seu nome. É claro que sei o seu nome.

– Então, qual é o meu nome? – Ele pergunta confiante.

Alguns segundos se passam em silêncio, então minha voz corta o ar.

– Lucas.

Capítulo quinze
O momento

Enquanto passo pela porta principal da faculdade, observo Thomás à minha frente. Ele é encantador. Desde seu sorriso até seu jeito de meigo de olhar.

– Está preparado para isso? – Ele questiona.

– Não – brinco. – Aonde nós iremos?

– Surpresa – ele estende a mão para mim.

Percebo então que estou parado em cima da escadaria principal e ele embaixo. A verdade é que eu sei exatamente por que estou tão desconfiado. Tão arredio. Como um cara como Thomás pode se interessar por alguém como eu? *Nós já conversamos sobre seus problemas de baixa autoestima, Murilo.* Eu mesmo me alerto. *E o que nós decidimos?* Me pergunto. Eu não lembro. Eu estava muito ocupado chorando no banheiro do trabalho. Às vezes eu me surpreendo com o nível de loucura das minhas conversas mentais.

– Eu odeio surpresas.

– Por quê?

– Não gosto de não ter o controle das coisas... Dá um pouco de medo – admito.

– Bem, dessa vez você não precisa ter medo. Pode confiar em mim – ele me diz gentilmente.

Paro alguns segundos antes de responder. Paro e realmente penso sobre o que Thomás acabou de dizer. A verdade é que concordo completamente. Me sinto seguro com ele.

– Eu sei – respondo.

Andamos tranquilamente pelas ruas até chegarmos em um estacionamento lotado de *Food Trucks*. O local é decorado com bastantes cores e luzes brancas penduradas pelo ar. Tem diversas opções de comidas. Uma mais apetitosa que a outra.

– Uau...

– Eu sabia que você iria gostar!

– Tem como alguém não gostar? – pergunto sorrindo. – É quase como fazer um piquenique com os Transformers.

– Eu amo esse filme!

– Eu também.

– E essa é uma comparação única.

– Obrigado. Eu me esforcei nessa.

Nós dois rimos enquanto nos encaramos.

– O que você quer comer?

– Quais são as opções?

– Bem – Thomás gira observando o local ao seu redor –, temos comida japonesa, italiana, mexicana, árabe, tailandesa...

– Hm... e se nós pegarmos uma coisa de cada lugar? – sugiro.

Thomás me observa intrigado.

– Você quer comer uma coisa de cada lugar?

– Sim.

– Você?

– Quase certeza de que eu já respondi essa pergunta.

– Isso é engraçado – Thomás diz pensativo.

– O que é engraçado?

– Você ser capaz de comer tanto assim!

– E nós ainda nem falamos de sobremesa...

Nós andamos pelo largo estacionamento e pedimos nossos pratos. Nachos, guacamole, sashimi, falafel e outras coisas deliciosas. Sentamos em uma mesa de madeira, distribuindo os lanches nela. Enquanto comemos, tenho a oportunidade de me encantar cada vez mais por Thomás. Descobrindo aos poucos cada parte de sua vida. Assim como ele parece bem interessado em saber um pouco mais sobre a minha.

– Você tem quatro irmãos? – ele pergunta.

– Sim. Duas meninas e dois meninos.

– E você é o mais velho?

– Exatamente.

– Como é isso? Você gosta de ter uma família grande?

– Sim. Não foi sempre assim. É difícil conviver com tantas pessoas na mesma casa. Até porque nós temos personalidades bem diferentes. Mas não trocaria por nada nesse mundo. Amo muito todos eles. Minha mãe e meu pai também. Isso foi ridículo, eu sei.

– Não acho ridículo. Acho doce. Você precisa pegar mais leve com você mesmo.

– Já me disseram isso algumas vezes – eu sorrio. – E você? Como é a sua família?

– Tradicional. Não de um jeito ruim – Thomás brinca. – Minha mãe e meu pai se conheceram no ensino médio, namoraram durante alguns anos, casaram e tiveram três filhos: meu irmão, minha irmã e eu.

– E todos eles também fizeram Medicina?

– Não. Minha mãe e meu pai cursaram Administração e abriram a própria empresa. Meu irmão se formou em Engenharia e minha irmã em Direito.

– Uau, que diferente. Por que você escolheu Medicina?

Sabe aqueles momentos nos filmes de romance onde a protagonista percebe que se apaixonará perdidamente pelo mocinho? Aqui vamos nós.

– Eu queria fazer algo de bom. Ajudar as pessoas, salvar vidas. Tentar melhorar um pouco esse nosso mundo louco.

Eu observo Thomás, carinhosamente. Esse é o momento.

Capítulo dezesseis
Luzes

Acho que demoro tempo demais em silêncio pois percebo "Lover Of Mine", de 5 Seconds of Summer, tocando ao fundo. Acabei mergulhando profundamente em Thomás. Ele sorri e diz alguma coisa que eu não entendo em meu transe.

– Murilo? – Thomás chama meu nome.

Eu continuo paralisado.

– Murilo? – ele insiste.

– Eu.

– Por que você está me olhando como se eu tivesse acabado de dizer que Sense8 foi resgatada para uma nova temporada?

– Eu não estou – respondo na defensiva.

– Está sim.

– Não estou – luto.

– Está...

Respiro fundo.

– Você é encantador demais – admito.

Thomás fica em silêncio. Eu me levanto e ele me segue. Começo a andar, sem rumo.

– Você é encantador demais e estou tentando entender isso.

– Isso o quê? – Ele pergunta.

– O porquê de você estar aqui.

Paro e o encaro firmemente, desafiando. Então a charmosa voz de Thomás corta o silêncio.

– "Oh, but my darling... What if you fly?"

– O quê? – questiono sem entender.

– Mas meu querido... E se você voar?

– Eu sou fluente em inglês...

Thomás ri e me observa sorrindo. Estamos embaixo das luzes.

– Você é engraçado – Ele continua. – Isso é parte de um poema que eu li uma vez e ficou para sempre na minha cabeça. É mais ou menos assim: Há liberdade esperando por você, nas brisas do céu. Então você questiona. E se eu cair? Mas... e se você voar?

Absorvo cada palavra. Ainda mais encantado por Thomás.

– Nós costumamos pensar que tudo dará errado, que o mais difícil é o correto, que quanto mais complicado, melhor. Não é verdade. E às vezes deixamos de fazer algo, de sentir algo, por medo de não dar certo. Então... Mas e se eu cair? Mas e se você voar? Por que estou aqui? Por que eu não estaria?

A única resposta cabível e existente em minha cabeça após tal monólogo é apenas uma. Beijo Thomás sem nem ao menos pensar em "Prós e Contras". No mesmo momento em que meus lábios tocam os dele, sei que fiz o certo. Ele corresponde o beijo. Doce, forte, caloroso. Não quero parar. Minha mão está em seu rosto, a outra em volta de seu pescoço. Suas mãos seguram minhas costas e minha cintura contra ele. Estamos embaixo das luzes, eu sei. Me afasto, tentando respirar. Thomás sorri para mim.

– O quê? – pergunto preocupado.

– Uau...

– Uau?

– É. Esse beijo fez valer a pena você ter manchado minha blusa favorita.

– Era a sua blusa favorita?

– Sim.

– Desculpa...

– Você pode se desculpar com mais beijos...

– Você está me extorquindo?

– Talvez – Thomás responde rindo.

– Isso é crime – sigo com a brincadeira.

– Eu sou mau.

– Não, você não é.

– É, eu não sou – ele se rende.

Thomás se aproxima novamente. Seu rosto está a centímetros do meu. Eu o desafio, chegando mais próximo.

– Então você quer outro beijo?

– Sim – ele responde.

– Tenta...

– Mas e se eu cair? – Thomás brinca.

– Mas e se você voar? – retribuo.

O segundo beijo é tão incrível quanto o primeiro. De alguma forma eu me sinto seguro com Thomás. A verdade é que é como se eu quase não me sentisse vazio mais. De repente eu sinto como se eu realmente pudesse voar.

Capítulo dezessete
Bem me quer, mal me quer

Eu e Thomás ficamos mais algum tempo conversando, entre carinhos e beijos. Eu aprendo um pouco mais sobre sua vida e ele descobre um pouco mais sobre a minha. A conversa flui tão naturalmente que eu perco por completo a noção de tempo. Por fim ele se oferece para me levar até em casa e eu aceito. O carro de Thomás é absurdamente limpo e organizado. E parece que seu perfume conquistou por inteiro o ambiente. Gosto disso. Quando chegamos em meu prédio, ele apenas estaciona o carro em frente à entrada e me olha com gentileza.

– Chegamos – ele diz.

– Obrigado pela carona.

O encaro, admirando. Silêncio apenas. Então eu me sinto envergonhado demais, sem motivo algum, e apenas saio do carro. Antes de fechar a porta, agradeço mais uma vez. Ando até o portão principal e escuto a voz de Thomás atrás de mim.

– Murilo? – ele me chama calmamente.

Eu giro meu corpo sem sair do lugar, ficando de frente para ele. Thomás anda alguns passos, aproximando-se.

– Eu realmente gostei de hoje – ele diz.

– Eu também.

– Então, o que você acha de repetirmos isso?

– Parece uma boa ideia – sorrio.

– Sexta feira, onze horas, eu te busco.

– Tipo um encontro? – pergunto.

– Tipo um encontro – agora ele está sorrindo.

Então Thomás me beija carinhosamente e volta para seu carro, indo embora. Eu observo o carro partir e tento controlar meu sorriso. Tento, mas falho. Enquanto subo até meu andar, penso em como Thomás é incrível. Penso em como adorei a noite. E sinto a ansiedade tomando conta do meu corpo ao pensar que logo repetirei a dose. É interessante.

Quando a porta do elevador abre, procuro por minhas chaves, sem perceber o corpo à minha frente.

— Então aí está você! — uma voz conhecida me surpreende.

Breno está praticamente deitado no chão, do lado da porta do meu apartamento. Suas roupas estão sujas, suas mãos cobertas de sangue e seu rosto pálido e abatido. Seu olhar está extremamente vermelho, como se ele tivesse passado dias chorando.

— Breno? — minha voz sai falhada. — O que você está fazendo aqui? O que houve?

— Eu senti sua falta — ele me responde com a voz claramente alcoolizada e embargada.

— Você está bêbado?

— Sim — diz Breno.

Eu não sei o que fazer, então permaneço parado encarando Breno. Ele não parece saber o que fazer também. Além de ser nítido que precisa de ajuda para ficar em pé. Mais algum tempo passa e nós dois continuamos apenas nos olhando. Por fim parece que eu venço a guerra silenciosa.

— Você vai ficar parado aí? — ele questiona.

O que Breno está fazendo em meu prédio? Bêbado, sangrando e com o rosto marcado por lágrimas. Em frente ao meu apartamento. Como ele se lembra do meu endereço? Sentiu minha falta? Ele disse que sentiu minha falta. Será que ele realmente sentiu minha falta ou ele estava apenas sendo irônico? *Murilo? Oi. Meio que o menino está machucado, destruído emocionalmente e alcoolizado no seu chão. Não seria melhor primeiro levar ele para dentro e cuidar dele? Daí talvez depois, quando ele estiver bem, você possa brincar de "Bem me quer, mal me quer".* Eu fico impressionado com como eu consigo debochar de mim mesmo em meus pensamentos. É um dom. *Murilo?* Eu mesmo chamo minha atenção. Oi? *Breno!* Ah sim.

— Nós precisamos cuidar de você — digo enquanto o ajudo a levantar e abro minha porta. — Você vai ficar bem...

– Promete? – Breno pergunta de forma quase infantil.

– Prometo.

Então entramos em meu apartamento e eu carrego Breno até meu quarto, sentando-o em minha cama. Tiro sua jaqueta com cuidado e examino suas mãos. Elas estão realmente machucadas. É como se ele tivesse socado alguém, várias e várias vezes. Ele percebe minha preocupação.

– Você deveria ver a parede. Ela está bem pior – Breno tenta brincar, mas seu olhar o entrega.

– Fica quietinho, okay? Eu vou buscar algo para passar nisso.

– Tá bom – enquanto ele fala, consigo sentir seu forte hálito de whisky.

Sigo para o banheiro procurando alguma coisa que possa ajudar. Vasculho entre os armários e finalmente encontro algo para limpar os machucados e uma pomada. Quando volto para o quarto, Breno está dormindo. Deitado em minha cama, perdido em um sono profundo. O que aconteceu? Eu me pergunto. O cubro e observo seu rosto.

– Por que você está aqui? – pergunto, quase inaudível.

A(mar)
em
notas

Capítulo dezoito
Fica

Levanto do sofá quando o despertador toca. Gato acorda junto comigo. Fico parado durante um tempo tentando analisar tudo o que aconteceu na noite anterior. Thomás, Breno. É muita coisa para assimilar. O cheiro do café me tranquiliza um pouco. O cheiro do café... O cheiro do café? Mas que café? Ando em direção à cozinha e lá está ele. Suas mãos ainda estão machucadas, suas roupas ainda estão sujas, mas de alguma forma, Breno continua estonteante. Quando me vê, seu olhar parece envergonhado.

— Bom dia — ele arrisca.
— Bom dia — eu respondo tentando soar natural.
— Eu estava fazendo café para você...
— Ah, obrigado...

Ele morde o próprio lábio inferior, como se não soubesse o que dizer.

— Me desculpa por ontem.
— Não precisa se desculpar.
— Sim, preciso — diz Breno. — Não é aceitável o que eu fiz... Aparecer assim, desse jeito, no seu apartamento. Não foi uma atitude legal.
— O que houve?
— Nada.
— Breno — insisto.

Então ele pega sua jaqueta jogada no balcão da cozinha e passa por mim em direção à porta de entrada.

— O que você está fazendo? — pergunto com uma ansiedade incômoda.
— Indo embora. Já atrapalhei bastante você ontem à noite. Não quero te perturbar mais.
— Não — respondo rapidamente.

– Não o quê? – Breno parece não entender minha reação.

– Não quero que vá embora.

– Murilo…

– Não! Sem essa de "Murilo". Você não pode aparecer aqui bêbado, machucado, depois de tanto tempo e simplesmente ir embora. Isso é desrespeitoso, preocupante. Eu tenho o direito de saber o que houve.

Espero a resposta negativa dele, mas Breno apenas concorda fazendo um sinal com a cabeça.

– Tudo bem.

O encaro tentando decifrá-lo.

– Tudo bem então. Bem, precisamos cuidar das suas mãos antes.

Nós sentamos no sofá e eu começo a limpar seus machucados cuidadosamente. Breno parece ser bem resistente à dor, porque ele se mantém tranquilo durante todo o processo. Acabo finalizando com uma pomada cicatrizante e curativos. Meu alarme no celular toca novamente e eu percebo que estou atrasado para o trabalho.

– Ah não!

– O que foi? – pergunta Breno.

– Eu preciso tomar um banho e me arrumar para o trabalho, senão vou acabar me atrasando.

– Obrigado pelos curativos – ele diz levantando-se.

– Não. Fica.

– Não quero atrasar você.

– Não tem problema. Eu serei rápido.

Corro para o banheiro antes que Breno possa responder algo e tento me arrumar o mais rápido possível. Em parte, porque estou realmente atrasado. E também porque tenho medo que ele vá embora sem que eu perceba. Isso é estranho. Tomo meu banho e coloco qualquer roupa. Bagunço meu cabelo e escovo meus dentes. Pronto.

Quando volto para sala, Breno não está lá. Eu sabia! Droga. Por que estou tão irritado com isso? Na verdade, não acho que irritado seja a palavra correta. Estou triste. Isso é pior.

– O seu café é com ou sem açúcar? – a voz de Breno me surpreende enquanto ele sai da cozinha.

Meu coração bate rapidamente e eu respiro profundamente. Ele não foi embora. Não consigo evitar sorrir.

– Duas colheres de açúcar, sempre.

Então ele volta para a cozinha e depois retorna com duas canecas em suas mãos.

– Obrigado por ontem. Obrigado por hoje – Ele tenta sorrir, sem muito sucesso.

– Ei, não precisa agradecer – respondo. – Mas preciso que você faça algo por mim.

– O quê? – Ele pergunta.

– Eu preciso ir agora. Se eu não sair nesse exato momento, chegarei bem atrasado no trabalho…

– Tudo bem. Eu saio com você.

– Não. Eu quero que você fique. Okay?

– Murilo…

– Fica.

Ele parece confuso e pensativo sobre meu pedido. Alguns segundos passam antes que ele responda.

– Tudo bem. Eu fico.

– Combinado. Assim que eu sair do trabalho, volto para cá e a gente conversa. Tem comida na geladeira e eu ficaria muito agradecido se você colocasse a ração do Gato. Deixei uma toalha e roupas para você em cima da minha cama. Tenta dormir mais um pouco. Você realmente deveria descansar.

Antes que Breno possa responder, eu simplesmente saio pela porta e vou embora.

Capítulo dezenove
190

Consigo chegar a tempo no trabalho. Começo a fazer minhas tarefas, enquanto como um lanche que pedi por aplicativo. Traduzo alguns textos e envio alguns documentos para meu chefe. Aproveito e organizo também toda a sua agenda mensal. Enquanto mastigo com certa fome, uma notificação em meu celular chama minha atenção. É uma mensagem de Thomás.

"Bom dia! Dormiu bem?", diz a mensagem. "Não tão bem...", respondo com sinceridade. "E você? Como foi sua noite?", pergunto. "Boa. Seria melhor se eu estivesse com você.". Consigo imaginar Thomás sorrindo enquanto digitava tal mensagem. Então acabo sorrindo também. "Te vejo na universidade hoje à noite?", ele pergunta. Começo a digitar o meu sim, mas então me lembro de Breno. Droga! Eu esqueci completamente a minha aula. E não tenho como ligar ou mandar mensagem para avisá-lo porque continuo sem o seu número. Merda! Bem, parece que terei minha primeira falta do semestre.

Respondo Thomás com: "Não vou conseguir ir hoje. Surgiu um imprevisto. Mas está tudo de pé para sexta, certo?". A resposta é rápida e gentil: "Sim. Mal posso esperar para o nosso primeiro encontro oficial.". Sorrio enquanto digito "Eu também.". Estou realmente animado por esse encontro. É o primeiro encontro desde... Bem, desde muito tempo. Espero que eu não estrague com algum comentário idiota.

Busco pelo contato de Elena e envio uma mensagem com "190" para ela. Em menos de um minuto meu celular toca.

— Você está no viva-voz e o Nick está aqui – Elena me alerta educadamente.

Meu coração para por um momento. Nicolas está lá. Eu não sei o que dizer.

— Amigo? – Elena verifica.

— Oi – arrisco.

A(mar)
em
notas

– O que houve?

– Bem... Aconteceram algumas coisas e eu realmente preciso da sua ajuda.

– Diga.

Tento organizar meus pensamentos antes de dispará-los em Elena.

– Você lembra do menino que eu te falei? Que sumiu e eu não tinha nenhum contato e tal...

– Ah sim! Lembro.

– O nome dele é Breno. E ontem ele apareceu lá no meu prédio, bêbado e machucado.

– Como assim? – Elena parece confusa.

– Exatamente assim. Parecia que ele tinha chorado bastante também. Ele acabou dormindo lá em casa e hoje de manhã eu pedi para ele esperar eu voltar para que a gente pudesse conversar.

– Por quê? Murilo... Esse menino parece ser bem problemático. Não é melhor você se poupar dessa confusão?

– Eu sei, mas... Eu sinto como se eu tivesse que ajudar ele.

– Você não deve nada a ele, baby.

– Mesmo assim... Eu acho que algo realmente sério aconteceu. Ele parecia destruído.

Consigo ouvir Elena respirar fundo.

– Tudo bem então. Faça o que o seu coração mandar.

– Okay!

– Mas amigo...

– O quê?

Meu coração para novamente e eu fico em silêncio. Porque dessa vez não é Elena quem fala.

– Cuidado – diz Nicolas.

É a primeira vez que nos falamos em meses. Eu realmente sinto falta do meu melhor amigo.

– Pode deixar – respondo calmamente.

– Assim que você souber o que houve me liga – diz Elena.

– Quero saber mais sobre esse garoto.

– Ligo sim – prometo. – O que vocês estão fazendo?

– Tomando café e conversando – responde Elena. – Você deveria estar aqui.

– Eu sei. Eu sinto muita falta de vocês...

– Nós também sentimos a sua – diz Nick.

Mais alguns segundos sem palavras. Preciso me concentrar porque se não, acabarei chorando. Tem algo realmente errado em melhores amigos morarem em estados diferentes. Respiro fundo.

– Eu preciso ir – minha voz está quebrada. – Falo com vocês depois. Tchau, Lena. Tchau, Nick.

– Até depois, amigo – diz Elena.

– Até, maninho – Nicolas despede-se.

Desligo a ligação e encaro a foto que está como papel de parede do meu computador. Elena, eu e Nicolas sentados em um sofá, em uma cafeteira aleatória. Lembro que na época nós achamos que seria legal ter uma foto no estilo "Friends". Bons tempos. Velhos tempos.

Capítulo vinte
Frio

O dia demora a passar e eu percebo que é porque estou esperando ansiosamente para reencontrar Breno. Quando finalmente chega o fim do expediente, já tenho todo o meu trabalho feito e me apresso para voltar para casa.

Durante todo o caminho, meus pensamentos se dividem entre: lembranças de Elena e Nicolas, curiosidade com relação a Breno, uma leve saudade de Thomás e uma pequena, porém existente, preocupação com a minha primeira falta.

Rio enquanto verifico meu reflexo no vidro espelhado da porta do metrô, percebendo a confusão de sentimentos em meu rosto. Quando chego em meu prédio, subo rapidamente até meu apartamento. Giro as chaves na fechadura e lá está ele. Parado atrás da mesa de jantar. Breno tem uma aparência melhor agora. Seu cabelo ainda está um pouco molhado e ele veste as roupas que eu deixei para ele. Em cima da mesa, diante de mim, estão alguns pratos, talheres, copos e uma comida com um aroma delicioso.

– O que é isso? – pergunto intrigado.

– Eu queria agradecer por ontem, por hoje...

Olho para ele, confuso. Não sei o está acontecendo, o que eu estou sentindo. Mas estou feliz por Breno estar em minha frente.

– Não precisava – respondo. – Mas obrigado. Estou mesmo com fome.

Nós dois sentamos, frente a frente. A comida está incrível.

– Uau! Isso aqui está maravilhoso – admito. – O que é?

– Uma lasanha vegana que eu aprendi a fazer há pouco tempo.

– Não fazia ideia de que você era vegano – reflito enquanto como mais um pouco. – Na verdade eu também não imaginava que você sabia cozinhar.

– Você não sabe muitas coisas sobre mim – Breno responde.

– Verdade – digo. – Como: O que aconteceu ontem?

– Eu sei que devo uma resposta e eu prometo que irei te explicar tudo o que aconteceu. Mas nós podemos primeiro comer e conversar sobre qualquer assunto aleatório?

Penso sobre o pedido e decido aceitar. Então noto a canção, quase inaudível, tocando no celular de Breno.

– Que música é essa?

– "Only", do RY X. Conhece?

– Não – confesso. – Mas é bem legal.

– É, eu gosto dele.

– Bem, falei com Elena e Nicolas hoje.

– Ótimo.

– Sim.

– Quem são eles? – Pergunta Breno.

– Meus melhores amigos – digo sorrindo.

Então conto toda a história para ele. Como conheci Elena, como conheci Nicolas. Como nos tornamos melhores amigos e como estávamos sempre juntos. Conto sobre os momentos engraçados, sobre as besteiras, sobre as situações difíceis. Explico sobre ter vindo morar em São Paulo, sobre a briga com Nick, sobre o apoio altruísta de Lena.

Breno está completamente mergulhado nas histórias. Ele me escuta com toda a atenção do mundo. Ri, questiona, dá conselhos. Agora estamos no sofá, comendo a sobremesa. Eu verifico suas mãos e os curativos. Seu olhar está menos vermelho, menos marcado. Então de forma repentina, Breno diz:

– Meu pai morreu.

Eu não sei o que dizer. Não sei o que dizer porque tenho completa noção de que não existe nada no universo que eu possa falar para fazê-lo se sentir melhor. Em vez disso, eu apenas o abraço. E assim ficamos, durante algum tempo. Abraçados. Enquanto Breno chora silenciosamente em meu ombro. Faço carinho em sua cabeça, tentando trazer algum mínimo alívio para sua dor.

– Eu sinto muito, Breno. Eu sinto muito mesmo.

O tempo passa e o silêncio permanece. Breno não chora mais. Agora estou sentado no canto do sofá e Breno está deitado com a cabeça em meu colo. Ele parece frágil e abatido. Me sinto mal por não poder ajudar. Fico triste por ele. Ninguém deveria perder alguém que ama. Ele fita a parede branca à sua frente.

– No dia em quem eu apareci no seu trabalho para devolver a sua carteira e passei praticamente o tempo inteiro com você, foi nesse dia que eu descobri que o tratamento que meu pai estava fazendo não tinha mais efeito. Era a última chance dele e os médicos alertaram para a pequena porcentagem de sucesso. Eu não queria ficar sozinho e você era... Você é diferente. E ontem... Simplesmente aconteceu – Breno respira fundo. – Ele... Eu estava segurando a mão dele... Eu me lembro dos médicos entrando no quarto, a confusão, o choro da minha mãe. Os olhos dele estavam fechados. Eu acho que ele morreu sonhando... Então eu sai de lá.

– Para beber? – pergunto sem julgar.

– Sim. E eu bebi. Muito. Eu acho que só queria apagar. Sabe? Então eu vim parar aqui.

– Como?

– Eu não sei, eu não lembro. Eu queria te ver de novo.

– E como você machucou as suas mãos?

– Eu soquei a parede do hospital. Várias e várias vezes. Eu só estava com tanta raiva, que... – Breno tenta não chorar.

– Tudo bem, tudo bem – digo voltando a fazer carinho em sua cabeça.

O silêncio retorna e o vento frio preenche a sala.

Capítulo vinte e um
Red Velvet

O resto da noite passa calmamente. Breno me explica melhor toda a situação com o seu pai. Desde o início de sua doença até o triste fim. Também me conta um pouco sobre sua mãe e como agora são apenas eles dois. Ao contrário de mim, Breno é filho único.

Em algum momento decidimos apenas mudar o rumo da conversa e tentamos assistir algum filme para distrair. Não lembro como ou quando, mas nós dois acabamos dormindo no sofá mesmo, juntos. De manhã, quando eu acordo, Breno já está com suas roupas novamente e sentado em uma cadeira. Pelo que parece, estava me observando enquanto eu dormia. Edward Cullen ficaria orgulhoso.

– Você está indo embora, não é? – pergunto já sabendo a resposta.

– Sim.

Ele levanta e caminha até a porta, abrindo-a. Encosto na parede e o encaro.

– Se cuida.

– Pode deixar.

Breno anda em direção ao elevador, mas antes que eu feche a porta, ele para e me pergunta:

– Posso pegar o seu número?

Eu estico meu braço e ele me passa seu celular, então salvo meu contato.

– Se você quiser conversar, me liga – digo.

– Eu ligarei – então Breno entra no elevador e vai embora.

Fecho a porta e agilizo toda a minha rotina. Banho, café da manhã, Gato, material para o trabalho, livros para a faculdade. Tudo está normal novamente. O dia no trabalho é tranquilo e eu aproveito para estudar a matéria que perdi na noite anterior. No final do expediente, ligo para meu pai, procurando saber se ele está bem e se meus irmãos também estão. Minha mãe combina de jantar comigo depois da faculdade. Sinto um hábito tomando forma. No caminho para a universidade, Elena me liga, preocupada com o que havia acontecido. Explico sobre o pai de Breno.

– Isso é muito triste – ela parece um pouco abalada. – Sinto muito por ele.

– Eu também.

– Ainda bem que ele pôde contar com você.

– Não que isso seja muito...

– Com certeza é, Murilo! – ela diz.

– Bem, eu só espero que ele fique bem. Breno é muito... confuso.

– Ele ficará – Elena tenta me deixar menos preocupado.

Conversamos mais um pouco sobre assuntos aleatórios e amigos em comum. Ela me conta sobre as novidades que estão acontecendo no Rio e faz questão de explicar item por item. Eu amo isso, porque faz eu me sentir mais próximo. Quando chego na faculdade, me despeço.

– Até depois, amiga.

– Beijos, baby.

Enquanto passo pela catraca de entrada, alguém tampa meus olhos. Antes mesmo de ouvir a voz, eu reconheço a pessoa pelo perfume.

– Thomás, Thomás...

– Como você sabia que era eu? – ele parece surpreso ao me encarar.

– Seu perfume.

– Isso é trapaça.

– Isso é olfato – respondo debochadamente.

– Você é muito espertinho!

– É, seu sei.

Nós pegamos o elevador e apertamos os botões dos nossos andares.

– Hm, eu estava pensando... – começo.

– O que você estava pensando? – Thomás me pergunta.

– Quer ir comer alguma coisa na hora do intervalo? Tem um lugar que tem umas tortas deliciosas.

Chegamos no andar de Thomás e ele para entre as portas.

– Sim – ele responde sorrindo.

Então Thomás se inclina, me beija e segue para fora do elevador pelo longo corredor. Esse cara é apaixonante.

Os primeiros tempos de aula passam rapidamente e a matéria é bem interessante. Quando o professor libera a minha turma, Thomás está parado na porta da minha sala.

– Então, tortas? – ele pergunta feliz.

– Sim! – Estou realmente animado por passar mais tempo com Thomás.

– Qual sabor você tem em mente?

– A melhor torta de todas, é claro.

Thomás me olha pensativo e por fim declara:

– Red Velvet.

Eu o beijo e ando em direção ao elevador.

– Você é incrível.

Capítulo vinte e dois
Poder

Eu e Thomás aproveitamos nosso tempo juntos. A torta é completamente deliciosa. Ele me conta sobre como é estudar Medicina. Também fala mais um pouco de sua família. Eu compartilho algumas das novidades contadas por Elena com ele. Acabo mostrando algumas fotos dela também.

– Ela é muito bonita.

– Sim – concordo. – Elena é perfeita.

– Assim como você.

Eu percebo que fico vermelho instantaneamente.

– Você precisa parar com isso – digo envergonhado.

– Eu? Você que precisa aprender a receber elogios.

– Okay.

Como mais um pedaço de torta. Thomás então me beija delicadamente.

– Eu vou ficar viciado nisso – admito.

– Na torta ou nos meus beijos?

– Ambos.

– Não é algo tão ruim assim – Thomás sorri.

– Realmente não é – sorrio também. – Você já escolheu o lugar de sexta?

– Sim – Thomás responde animadamente. – Prepare-se para o melhor primeiro encontro da sua vida.

– Eu não tenho dúvidas – respondo. – Nós temos que voltar. Não posso chegar atrasado. Já basta a aula que perdi ontem.

– Ah, verdade – diz Thomás. – Afinal, o que houve?

Penso sobre como explicar a situação para Thomás. Nem eu consigo compreender direito.

– Um amigo... Perdeu o pai – digo. – Ele estava realmente mal e eu fiquei preocupado. Então tirei o dia para ajudar ele.

– Sinto muito – Thomás fala. – Ainda bem que ele tem você.

Acho engraçado como Thomás diz praticamente a mesma coisa que Elena. Eles seriam ótimos amigos.

– Só espero que ele fique bem. Só isso. Vamos?

– Se eu pegar mais um pedaço para viagem, você irá me julgar? – Thomás pergunta.

– Se você não levar um pedaço eu irei te julgar – brinco.

Quando chegamos na faculdade, me despeço de Thomás. Ele sairá antes de mim e precisa estudar para uma prova importante.

Minhas últimas aulas são ótimas. O curso tem sido muito bom. Os professores, as matérias, os trabalhos, tudo incrível. Engraçado eu ter demorado tanto para decidir por algo que na verdade eu sempre carreguei comigo: escrever. Enquanto faço um dever distribuído pela professora, lembro de quando a ideia de cursar Jornalismo surgiu na minha cabeça. Foi durante o último ano no Rio. Nicolas estava largado no sofá, jogando videogame, e Elena estudava para a semana de provas enquanto ouvia música.

– Eu já sei! – minha voz animada chegou na sala antes de mim.

Elena e Nicolas permaneceram entretidos com o que estavam fazendo. Então desliguei a televisão e pausei o celular.

– Uou! – Nicolas reclamou.

– Acabou o respeito – brincou Elena.

– Eu descobri qual faculdade eu quero fazer – disse excitado.

Os dois me olharam surpresos. Eles sabiam como havia sido uma grande batalha para mim.

– Sério? – Elena perguntou.

– O quê? – completou Nicolas.

Respirei fundo.

– Jornalismo – respondi com total certeza.

Ambos ficaram em silêncio durante alguns segundos e então consegui ver os sorrisos tomando forma em seus rostos.

– Eu estou tão orgulhosa de você – Elena me abraçou, beijando meu rosto.

– Você será o melhor jornalista do universo – disse Nicolas me apoiando. – Nós deveríamos sair para comemorar.

– Sim! – concordou Elena. – Você contou para os seus pais?

– Ainda não – confessei. – Achei que meus melhores amigos deveriam saber primeiro.

– Eles irão amar – ela me tranquilizou.

– Com toda certeza – completou Nick.

– E por que Jornalismo, amigo? – perguntou Elena.

– Porque palavras têm o poder de mudar o mundo.

Capítulo vinte e três
Disparado

Sexta-feira finalmente chega. Saio da faculdade correndo para meu apartamento. Quando entro em casa, vou direto para meu quarto. Estou ansioso, preocupado, nervoso. Elena está em uma chamada de vídeo tentando me acalmar.

– Vai dar tudo certo – ela me aconselha. – Respira fundo.

– Eu não consigo.

– Murilo?

– Oi.

– Amigo, você não precisa ficar nervoso.

– Mas e se ele não gostar de mim?

– Amigo...

– Oi.

– Ele já gosta de você! – Elena ri. – Deixa de ser bobo. Agora me conta um pouco mais sobre ele.

Coloco o celular apoiado em minha estante e busco por alguma roupa que eu goste.

– Ele é incrível – continuo procurando algo legal para usar.

– Você já disse isso – diz Lena.

Paro por um momento, sento em minha cama e encaro o rosto de Elena através do celular.

– Ele é realmente incrível. Nós saímos praticamente a semana inteira. Para comer alguma besteira, dar uma volta pela cidade, tomar um café. Todo dia eu acordo com uma mensagem de "bom dia" dele. E quando ele sorri...

– Faz muito tempo que eu não escuto você falar assim de alguém. A última vez foi quando... – Elena para de falar rapidamente.

– Exato. Então sim, ele é incrível. E eu estou nervoso porque não quero estragar isso. Eu realmente gosto dele, amiga.

A(mar)
em
notas

– Vai dar tudo certo, baby. Já está dando! – Ela sorri tentando me confortar. – Com relação a suas roupas: A camisa jeans azul, a calça preta e a jaqueta preta. Você vai arrasar.

– Obrigado por isso – digo.

– Não precisa agradecer.

– Eu preciso ir me arrumar agora.

– Okay! Assim que você voltar, eu quero saber tudo o que aconteceu. Amo você – Elena se despede.

– Amo você!

Começo a me arrumar ao som de "Eu Te Quero", de Zeeba e Manu Gavassi, e "Imaturo", de Jão. Verifico meu reflexo no espelho vezes demais. Estou pronto. Então meu celular toca e sei que é Thomás.

– Eu estou aqui – ele diz.

Paro e respiro fundo.

– Estou descendo.

Durante o tempo no elevador, meu coração dispara. As pontas dos meus dedos estão dormentes. Lembro o que Elena me disse: não preciso ficar nervoso. Ele já gosta de mim. Então respiro fundo mais uma vez. As portas se abrem e lá está ele.

Toda vez que olho para Thomás, me surpreendo com sua beleza. É como se ele se tornasse mais bonito a cada dia. Ele está usando uma camisa social vinho e uma calça cinza. Por cima da blusa está um casaco mel, da cor de seus olhos. Quando encaro seu olhar, Thomás não está sorrindo como de costume. Ele parece perplexo. Verifico meu próprio corpo, minhas roupas, tentando ver se tem algo de errado.

– O que houve? – pergunto quase sem coragem.

Thomás me observa por um longo momento antes de dizer:

– Você é perfeito.

Então ele caminha firmemente em minha direção, confiante, e me beija como nunca antes. Se todos os outros beijos foram incríveis, esse debutou no Top 1 do ranking global dos beijos. Quando acaba, ele ainda mantém seu rosto encostado no meu. Consigo sentir seu hálito doce enquanto ele respira levemente ofegante. Minha mão está em sua nuca e eu a acaricio suavemente. Sinto como se estivéssemos perdidos no espaço-tempo. Poderia ficar para sempre nesse momento com Thomás. Ele se afasta um pouco, com calma.

– Você está pronto?

– Sim! – digo com toda certeza do mundo.

Thomás segura minha mão e juntos andamos para fora do prédio. Ele abre a porta de seu carro para que eu possa entrar e logo depois entra também. Então partimos, para o nosso primeiro encontro.

Capítulo vinte e quatro
O primeiro encontro

Thomás continua mantendo segredo sobre o lugar que ele escolheu para nosso encontro. Durante o caminho ele coloca "Living Proof", de Camila Cabello, para tocar no carro. A viagem é embalada por algumas músicas românticas como "Shivers", de Ed Sheeran, "Best Part", de Daniel Caesar e H.E.R., e "golden hour", de JVKE.

Quando chegamos, um simpático rapaz nos recepciona na entrada do que parece ser um restaurante. Dentro, a iluminação é feita com muitas e muitas velas, os funcionários nos olham gentilmente, e eu consigo sentir o cheiro de chocolate pelo ambiente. Então eu finalmente me dou conta que somos os únicos clientes presentes.

– Você reservou o restaurante apenas para nós dois? – pergunto, sem acreditar.

– Eu abriria um por você – ele sorri.

Não sei como reagir. Nunca recebi um memorando sobre "Como lidar quando o garoto que você gosta reserva um restaurante inteiro para você". Nós nos sentamos e somos servidos com um suco delicioso.

– Isso é ótimo.

– É o favorito da minha irmã – ele explica. – Perguntei para ela sobre algumas coisas para hoje.

– Então você contou de mim para sua irmã?

– Não.

– Não?

– Não só para minha irmã – Thomás ri. – Meus pais e meu irmão também sabem.

– Sério?

– Sim – ele confirma. – Você contou de mim para alguém?

– Elena – admito.

– Só Elena?

– Ela é sempre a primeira a saber de tudo – digo. – E, bem, não contei para mais ninguém porque se algo acontecer...

– Se algo acontecer? Como assim? – Thomás questiona.

– Quero dizer... Se você perceber que eu não sou nada demais e decidir ir embora, será mais fácil se ninguém souber.

Thomás me encara em silêncio durante um longo tempo.

– Queria que você se visse pelos meus olhos – ele finalmente diz.

– Acredite, eu também – respondo, um pouco triste.

O garçom nos interrompe para trazer nossos pratos. Fico surpreso quando percebo que é a minha comida predileta. E é assim o resto da noite. Tudo é sobre o que eu gosto, o que eu amo. Thomás planejou cada detalhe para que fosse perfeito para mim.

Durante o jantar, a nossa conversa mantém esse ritmo: Minhas séries prediletas, os livros que eu mais gostei de ler, o porquê de eu ser "Team Stefan" e não "Team Damon" em "The Vampire Diaries".

– Eu tenho quase certeza que você é a única pessoa que acha isso – Thomás brinca.

– Provavelmente – concordo. – Mas eu nunca consegui entender essa obsessão com o "bad boy". Lá está o mocinho, o cara que tenta sempre ser bom e correto. Mas por algum motivo irracional, a galera prefere aquele que é o problema em pessoa... Não faz sentido para mim.

– Você tem toda razão – ele me apoia.

Conversamos sobre os nossos cantores favoritos, sobre as cores que mais gostamos, sobre as viagens que gostaríamos de fazer.

– New York – falo rapidamente.

– Sério?

– Sim. Sem pensar duas vezes. Eu sou fascinado pelo lugar desde bem pequeno – admito

– É muito bonito, realmente – Thomás confessa.

– Você já foi? – pergunto sem conseguir esconder a animação.
– Sim – diz ele. – Quatro vezes.
– Isso é tão injusto...
– Verdade. Não tem a menor graça ir sem você – brinca Thomás. Eu sorrio e balanço a cabeça.
– Como você sempre faz isso? – pergunto.
– O quê? – ele finge não entender.
– Você sabe o quê – começo. – Ser tão perfeito. Sempre conseguir me fazer sentir bem comigo mesmo.
– Eu apenas digo o que acredito, o que eu sinto – Thomás explica. – A culpa não é minha se você é incrível.

Thomás segura minha mão carinhosamente e eu sorrio, feliz. Esse momento é incrível. Thomás é incrível. E eu tenho certeza de que estou perdidamente apaixonado por ele. Droga!

Capítulo vinte e cinco
Vulnerável

Nós dois perdemos a noção de tempo. Agora estamos sozinhos no restaurante. Thomás dispensou todos os funcionários e ficou com a chave do local.

– Como você fez isso? Como que você conseguiu esse lugar?

– É o restaurante da minha tia – ele explica. – Pedi esse favor para ela.

– Você é cheio de surpresas!

Sentamos em um confortável sofá no lounge do restaurante. Eu me encosto na parede e coloco minhas pernas por cima das dele. Ele faz carinho em mim enquanto eu seguro uma de suas mãos.

– Como é a sua situação com a sua família? – pergunto para Thomás. – Você sabe, com relação a sua orientação sexual e tudo mais...

– Normal. Como deveria ser para todo mundo – ele responde. – Não precisei me assumir bissexual. Assim como meu irmão que é heterossexual não precisou. Nem minha irmã que é lésbica.

– Uau, que maneiro!

– Sim – Thomás sorri. – Nossos pais são, e sempre foram, muito corretos e amorosos. Completamente contra qualquer tipo de preconceito ou discurso de ódio. Acho que isso também é reflexo do racismo que nossa família sofreu, e ainda sofre. Acho que isso fez com que eles fossem mais empáticos com relação às outras causas.

– Isso faz muito sentido – concordo.

– E como foi com a sua família? – Thomás questiona.

– Foi... interessante – digo. – Teve todo um processo. Eu fui o primeiro filho, primeiro neto, primeiro sobrinho. Sempre fui muito apegado a eles. E quando eu contei... Não foi fácil. Eles são de outra geração, alguns são religiosos, outros não tinham praticamente conhecimento nenhum sobre as questões LGBTQIAPN+. Então nós todos fomos aprendendo e evoluindo juntos. Sabe?

— Com certeza — ele responde.

— E hoje em dia é tão... simples. Eu fico muito feliz por como eles se empenham em conhecer, entender e defender por conta do amor que eles têm por mim. É bem reconfortante.

Eu consigo sentir algumas lágrimas caindo pelo meu rosto, e Thomás as enxuga gentilmente.

— Desculpa — digo envergonhado.

— Você não precisa se desculpar, Murilo.

— Eu sinto falta deles — respiro fundo. — Alguns estão em São Paulo, outros no Rio. Não é longe, eu sei. Mas todos nós estamos ocupados o tempo inteiro. Então eu sinto muita falta deles, dos meus amigos...

— Eu queria poder ajudar de alguma forma — Thomás acaricia meu rosto, gentilmente.

— Você já ajuda bastante. Sendo você, estando aqui.

— Sabe, você vai conhecer novas pessoas, fazer novas amizades — ele tenta me consolar.

— Esse é o problema — começo. — Eu não quero isso. Eu sei que com o tempo eu irei conhecer novas pessoas. Pessoas legais e interessantes. Mas a verdade é que eu não quero. Porque no final do dia, os meus melhores amigos continuarão no Rio. E não importa o resto, as novidades, porque é deles que eu sinto falta. São eles que eu conheço há anos. Foi com eles que eu ri, chorei, briguei, cresci. E agora eu estou aqui. E eles estão lá. E a pior parte é que eu não posso nem reclamar porque fui eu que decidi ir embora.

É tarde demais. Não consigo controlar o choro. É como se eu tivesse guardado toda a tristeza durante esse tempo sozinho e simplesmente não conseguisse mais segurá-la. Eu me sinto seguro com Thomás. Seguro o bastante para ser completamente vulnerável. Enquanto soluço silenciosamente, ele me abraça. Um abraço quente, confortável, carinhoso. Eu sinto o corpo dele contra o meu e isso me traz paz. Então levanto minha cabeça e o beijo suavemente. Ele retribui e sorri.

– Vai ficar tudo bem, Murilo – Thomás promete. – Você vai ficar bem.

– Tomara que você esteja certo – tento sorrir.

– Eu estou – ele brinca. – Você não está mais sozinho. Eu estou aqui.

Deito minha cabeça em seu ombro e seguimos noite adentro.

Capítulo vinte e seis
Você

As horas passam e eu e Thomás continuamos conversando. Isso é uma das coisas que mais gosto na nossa relação: Nós sempre temos assunto. Podemos falar sobre coisas extremamente sérias ou sobre qualquer bobagem aleatória. Tudo flui de forma muito natural.

Estamos na cozinha do restaurante dividindo uma grande tigela de sorvete de chocolate quando Thomás começa a me explicar sobre algumas matérias de seu curso e sobre qual carreira quer seguir.

– Cirurgião pediatra – ele conta, feliz.

– Ótima escolha!

– Eu espero que dê tudo certo e que eu consiga. Só isso.

– Você vai conseguir, eu tenho certeza! – O incentivo. – "Doutor Thomás". Eu gosto disso.

– É? – Thomás aproxima o seu rosto do meu.

– Sim – eu respondo. – Se bem que...

– O quê? – ele para, intrigado.

– Só é "doutor" quem tem doutorado, certo? – brinco.

– Você é ridículo – Thomás ri.

Então eu o abraço e o puxo pra mim. Fico encarando seu rosto, com minhas mãos apoiadas em seus ombros.

– Murilo? – ele me chama.

– Oi.

– Como os seus olhos conseguem ser tão azuis?

– Genética.

– Você é bobo demais – ele ri. – É sério. É lindo. É como se fosse o mar.

– Bem, você sabe o que eles dizem sobre o mar...

– O quê? – Thomás questiona.

– Afoga um monte de gente – brinco.

Thomás ri e eu o acompanho.

– Sabe, as pessoas sempre comentam sobre os meus olhos, e eu sinceramente não consigo entender o motivo. Quer dizer, eu amo eles, até porque azul é minha cor predileta desde criança. Mas acho comum, normal como qualquer outro.

– Vá por mim, eles não têm nada de comum – Thomás diz.

– Pode até ser. Mas acho que é uma questão de perspectiva. Se eu estivesse nos Estados Unidos ou Alemanha, por exemplo, meus olhos azuis não seriam nada demais. Lá fora, a cor dos seus olhos é que chamaria atenção – analiso. – Lá fora, aqui. Seus olhos, você inteiro.

– Bem, isso não importa, não é mesmo?

– O que não importa?

– Onde e por que eu chamo atenção.

– Por que não?

– Porque a única pessoa que eu quero que me note é você.

Capítulo vinte e sete
Amanhecer

Eventualmente nós saímos do restaurante e pegamos o carro. Andamos sem rumo pelas ruas, até que Thomás para em uma cafeteria.

– Eu tenho uma ideia! – ele diz, quando reaparece com duas bebidas.

– No que você está pensando? – pergunto.

– Você vai ver!

Passamos por ruas, prédios, casas e praças. Então, por fim, paramos em frente ao Ibirapuera e o sol começa a surgir no céu.

– Está amanhecendo... – eu comento, sem acreditar.

– Sim.

– Eu perdi completamente a noção do tempo.

– Isso é ruim? – ele questiona.

– Claro que não. Eu gosto disso. As coisas são... fáceis com você.

Puxo Thomás pela mão e começamos a explorar o parque. Conversamos mais e mais. Em algum momento, depois de andar bastante, decidimos parar e sentar na grama, em frente ao lago. Fico entre as pernas de Thomás, encostado contra seu peito. Sorrio quando percebo que posso sentir, de forma fraca e distante, seu coração batendo. Uma parte de mim gostaria de ficar para sempre nesse momento. Outra parte deseja, ansiosa e curiosamente, tudo o que ainda está por vir. O sol já está completamente visível quando Thomás quebra o silêncio.

– Sabe, eu preciso confessar uma coisa...

– O quê? – pergunto, ficando de frente para ele.

– Eu também estava me sentindo sozinho. De uma forma diferente, é claro. Minha família está sempre comigo, meus amigos também. E eu quase não tenho tempo para sentir e pensar qualquer coisa por conta da faculdade e tudo mais. Mas eu também estava me sentindo sozinho – ele respira fundo, tomando coragem. – Acho que, na verdade, eu estava esperando você.

Sustentamos o olhar um do outro. Sem palavras, sem carícias, sem beijos. Apenas seguimos nos olhando como se tentássemos gravar esse momento para todo o sempre. Então ele deita na grama verde e eu deito minha cabeça em seu peito. O sol quente cobre a gente, mas, naquele momento, o calor que eu sinto não vem do céu. Vem de Thomás.

Algumas semanas se passam. O semestre na faculdade está chegando ao fim. Apenas mais alguns dias de aula, uma preocupante semana de provas, e finalmente férias. Confesso que estou bastante animado pelo fechamento desse ciclo. Conseguir concluir alguma coisa é algo um tanto novo para mim. Tenho trabalhado nisso há algum tempo, lutando para conseguir dar fins aos meus começos e, por mais que seja um caminho árduo e exaustivo, é extremamente satisfatório perceber que estou evoluindo. Meu raciocínio é cortado pelo toque do meu celular.

– Eu não aguento mais – a voz de Elena atravessa o telefone – Eu preciso do meu melhor amigo de volta.

– Obrigado pela parte que me toca – diz Nicolas.

Nesses últimos dias Elena tem me ligado com mais frequência. A faculdade, o emprego, o namorado e a sua família estão exigindo demais dela e isso, infelizmente, piora bastante sua ansiedade. É horrível estar longe porque me impede de poder ajudar mais.

Nicolas tem estado sempre presente nessas ligações. Ele se preocupa com Elena tanto quanto eu, então tem ficado mais tempo ao lado dela. A situação entre nós dois ainda é complicada, e não conversamos sobre tudo o que aconteceu, mas, de certa forma, é como se tivéssemos feito um acordo silencioso de não tocar no assunto por enquanto e apenas focar em deixar Elena bem.

– Desculpa – ela responde Nicolas. – Você entendeu o que eu quis dizer.

– Eu sei, eu sei – ele responde com calma. – Eu só estou brincado. Oi Murilo.

– Oi Nick.

– Você pode vir para cá nas férias? – Elena pergunta com uma preocupação nítida em sua voz.

– Sim! – Não penso duas vezes.

– Ótimo – ela comemora. – Eu mal posso esperar. Preciso de nós três juntos de novo.

– Eu também! – Nick e eu falamos ao mesmo tempo.

Quando termino a ligação percebo que finalmente, depois de longos meses, vou conseguir ver meus melhores amigos. Sorrio com tanta felicidade que começo a rir, e consigo sentir meu coração em paz.

Capítulo vinte e oito
Sempre e para sempre

Acordo extremamente animado. Enquanto escovo os dentes, penso sobre como tudo está dando certo. Faculdade, trabalho, Thomás. Thomás! Meu coração bate mais rápido quando penso nele. Então é assim? É assim que nos sentimos quando gostamos realmente de alguém? Um pequeno ataque cardíaco toda vez que lembramos da pessoa?

Acabo de me arrumar e vou para o escritório. Consigo finalizar as pendências de forma tão rápida que decido estudar mais um pouco. Finalmente é o último dia de aula. Só mais essa prova e eu estarei livre. Livre para passar mais tempo com Thomás, com minha família, com Elena e Nicolas. Aproveito e envio um e-mail para meu chefe pedindo para trabalhar apenas online durante uma semana. Algo que costuma ser bastante comum na empresa. Dessa forma consigo viajar para o Rio sem comprometer o meu trabalho. Pronto, mais uma questão resolvida. Agora é só esperar a resposta e marcar a viagem. Tudo está dando certo.

Quando chega no fim do meu expediente, Thomás está me esperando em seu carro.

– Como foi o seu dia? – ele pergunta e me beija.

– Melhor agora – respondo.

– Você quer ir direto para a biblioteca ou prefere passar em algum lugar para comer antes?

Temos feito isso durante toda a semana de provas. Estudamos juntos na biblioteca da faculdade, no meu apartamento, ou em alguma cafeteria. Hoje decidimos ir para uma lanchonete. Colocamos os livros e cadernos em cima da mesa e começamos a estudar em silêncio. Quando nossas comidas chegam, paramos para comer e conversar.

– Você vai sair mais cedo hoje? – Thomás pergunta.

– Sim. Só preciso fazer a prova e estou liberado. E você?

A(mar)
em
notas

– Depois da minha prova o professor quer conversar com a turma, então eu devo demorar um pouco mais. Você pode me esperar?

– Posso sim – respondo.

– Como estão Elena e Nicolas? – ele questiona.

– Bem, na medida do possível – eu digo. – A Lena precisa de um tempo para ela. Desde sempre ela se preocupa em ser boa em tudo e para todos. Essa pressão não é algo saudável. E olha que em toda a minha vida eu nunca conheci alguém tão incrível como ela.

– Eu espero que dê tudo certo – Thomás responde, preocupado.

– Eu também.

– E o Nicolas? Você dois já conversaram?

– Ainda não – admito. – Mas eu não sei bem como resolver isso. Não quero conversar por telefone ou mensagem. Não acho que seja a melhor forma. Também não sei se ele quer conversar sobre essa situação ou se quer apenas seguir em frente.

– Vocês precisam acertar a comunicação de vocês, Murilo.

– Eu sei...

– Eu vou ao banheiro – Thomás se levanta. – Quando eu voltar a gente pode ir embora? Eu preciso resolver algumas coisas antes da aula.

– Claro!

Enquanto Thomás caminha para longe da mesa, decido ligar para Elena. Me surpreendo quando é Nicolas quem atende.

– Nick?

– Eu mesmo – ele responde. – A Elena está tomando banho...

– Ah, tudo bem então. Eu ligo mais tarde.

– Ok...

A ligação fica em silêncio durante alguns segundos.

– Nick...

– O quê? – ele pergunta.

– Nós precisamos conversar – digo.

– Sim, precisamos – Nicolas concorda. – Eu tenho pensado muito sobre isso ultimamente. Mas não quero falar por telefone ou mensagens. Então, quando você chegar no Rio, nós podemos sair para tomar um café e conversar. Pode ser?

– Sim! – Respiro aliviado.

– Ótimo!

Mais alguns segundos em silêncio.

– Nós ainda somos melhores amigos? – pergunto preocupado.

Penso em como ele irá responder. Penso que pode ser um simples "não". Penso em como isso doeria. Então me arrependo de ter perguntado. Antes que eu possa falar qualquer outra coisa, Nicolas responde:

– Sim, maninho – ele diz. – Sempre e para sempre. Lembra?

Percebo que eu estava prendendo minha respiração quando o alívio chega junto com o ar. Respiro fundo e digo:

– Sempre e para sempre.

Capítulo vinte e nove
Eu amo você

Quando chegamos na faculdade, Thomás me beija e continua no carro.
— Boa prova! – ele diz.
— Obrigado – sorrio. – Para você também!
— Nos vemos no intervalo, tá bom?
— Sim – digo, deixando o carro.

Enquanto subo a escadaria principal, meu celular toca. Penso que é Elena, mas o número é desconhecido.
— Alô? – eu falo.
— Murilo? – ele diz.

Eu conseguiria reconhecer essa voz até mesmo embaixo d'água, perdido no mar.
— Sou eu, Breno – ele continua.
— Eu sei – admito.
— Sabe? – ele parece confuso.
— Quer dizer... eu conheço a sua voz – tento explicar.

Eu conheço a sua voz? Sério, Murilo? Qual é o seu problema? Como assim problema? Eu conheço a voz dele. Não posso fazer nada sobre isso. *Mas também você não precisa deixar tão nítido o seu interesse por ele!* Interesse? Eu não tenho interesse nenhum por ele. *Ah, pronto!*

— Murilo? Você está aí? – a voz de Breno interrompe meu devaneio.
— Oi – respondo.
— Onde você está agora? – ele pergunta.
— Na faculdade. Por quê?
— Posso te encontrar quando você sair?

Penso sobre o pedido. Por que Breno quer me encontrar? Por que ele está me ligando? O que ele quer? Como alguém pode sumir e voltar tão naturalmente como ele faz? Nada disso faz sentido. Breno não faz sentido. Eu não deveria encontrar com ele. Algo me diz para não encontrar com ele. Então eu respondo:

– Sim, pode.

É sério isso, Murilo?

– Legal! – ele parece feliz. – Eu te encontro aí!

– Tudo bem – eu concordo.

Nos despedimos e eu fico encarando o celular durante algum tempo, tentando entender o que acabou de acontecer. Breno tem o dom de me deixar confuso, irritado, ansioso. É ridículo. Decido me preocupar com isso depois da prova. Respiro fundo e subo para minha sala. Tenho dificuldade para me concentrar no início, mas as questões não estão difíceis. Quando o sinal toca, entrego minha prova e guardo meu material. Sou o último a sair da sala.

Ando pelo corredor, buscando por alguma música em meu celular. "everything everywhere always", de Elijah Wood, é a escolhida. Enquanto a música toca, percebo que o chão está coberto por pétalas de diversas flores. Uau! Que lindo! Eu penso. Então olho para frente e lá está Thomás.

O que ele está fazendo aqui? Ele não tinha prova e depois uma conversa com o professor? Será que eu entendi errado? Ele trocou de roupa? Eu tenho quase certeza que ele não estava com essa blusa. Foi ele quem cobriu o chão de flores? *Murilo! O* quê? *Por que você não pergunta para ele?* Ah, ótima ideia.

– Thomás? – começo.

Ele parece estar nervoso, ansioso.

– Você está bem? – pergunto.

– Sim – ele responde. – Estou. Agora eu preciso que você me escute, ok?

– Ok – respondo.

Thomás respira fundo, sorri, e então começa a falar.

A(mar)
em
notas

— Eu conheço você há alguns meses agora. É estranho, porque eu sinto como se fosse muito mais tempo. E mesmo assim, não é o suficiente. Nós nos falamos todos os dias. Seja por mensagem, ligação, pessoalmente. Sobre qualquer assunto. Você é sempre tão feliz, bom, engraçado. Tão único. Eu sei o que você está sentido ou pensando só por conta do seu olhar. E quando eu estou tendo um dia ruim, venho para a faculdade e encontro você no intervalo, eu sei que vai ficar tudo bem. Eu sei que você vai me dar um beijo e fazer algum comentário bobo sobre qualquer coisa. Eu sei que você vai me contar sobre mais um incrível plano que você teve para salvar o mundo, enquanto faz carinho na minha mão. Eu amo que você se preocupa tanto com os outros. Com a sua família, seus amigos. Eu amo que você é sempre tão verdadeiro, otimista e doce. Eu amo sua forma única de pensar, criar e fazer o bem. Eu amo um milhão de coisas em você, Murilo. Mas, principalmente, e antes de tudo, eu amo você.

Então Thomás tira algo do seu bolso. É um lindo cordão com um pingente no formato de um barco de papel. Por fim ele pergunta:

— Murilo, você quer ser meu namorado?

Capítulo trinta
X

Eu nunca amei alguém. Pelo menos não de forma romântica. Eu já me apaixonei perdidamente várias vezes, mas nunca amei. A única vez que eu cheguei perto de amar foi... complicado. Durante bastante tempo eu me preocupei muito sobre isso. Achava que nunca amaria alguém. Tinha quase certeza de que nunca encontraria o amor da minha vida. Uma vez eu ouvi dizer que "se você está com alguém que não pretende estar para sempre, você está com o alguém de outra pessoa". Isso ficou marcado em mim. Conheci vários garotos, lindos, legais, inteligentes, engraçados, simpáticos... mas o problema é que nenhum deles era o "meu alguém". Agora, segurando o cordão com o pingente de barco, eu percebo que o problema real era outro: eles não eram o Thomás.

– Sim! – eu digo extasiado. – É claro que eu quero!

– Sério? – ele sorri.

– Sim, sim, sim! Eu amo você.

Eu pulo em Thomás, quase o derrubando, mas ele me segura firme e me beija. Ficamos abraçados durante algum tempo. Então, várias perguntas embaralham minha cabeça.

– As pétalas? – pergunto.

– Fui eu – ele diz.

– E não tinha prova e conversa com nenhum professor, né?!

– Não! – Thomás ri.

– Inacreditável! E por que aqui? No corredor, em frente ao... – uma lembrança cruza minha mente antes que eu termine a pergunta.

– Porque foi onde nós nos conhecemos – nós falamos juntos.

Encaro Thomás.

– Você é perfeito – digo.

Thomás então coloca o cordão em meu pescoço.

— Antes da gente ir embora, você pode me fazer um favor? — ele pergunta.

— Sim.

— Me ajuda a catar todas essas pétalas? — ele ri. — Não quero que esse pedido de namoro seja marcado pela falta de educação.

— Que namorado consciente eu tenho — brinco. — É claro que eu ajudo!

Juntamos todas as pétalas espalhadas pelo corredor. Quando está tudo perfeitamente limpo, pegamos o elevador e descemos para ir embora. Passo minha mão pelo cordão, parando no pingente. Tão bonito. Enquanto andamos para fora da faculdade, tento segurar mão de Thomás e acabo não percebendo os degraus na minha frente. Antes que acabe me machucando, ele me puxa.

— Murilo! — Thomás chama a minha atenção, mas sua voz é acompanhada por alguém chamando meu nome.

Breno. Ele está parado na calçada, usando sua fiel jaqueta de couro e me fitando com os seus olhos verdes. Uma onda de confusão invade meu corpo. Eu esqueci completamente que Breno iria me encontrar. O que eu faço? *Aja naturalmente! Como naturalmente? Naturalmente ué! Você está respirando? Está se lembrando de respirar? Não olha muito para ele. Para ele quem? Para o Breno ou para o Thomás? Eu estou tão confuso! Não olha para ninguém. Melhor assim. Isso não faz sentido! Você está respirando?* Eu não sei!

— Ei — arrisco. — Como estão as coisas?

— Bem... — Breno responde enquanto encara Thomás.

O silêncio é constrangedor. Antes que eu possa tomar qualquer atitude, Breno pergunta para Thomás:

— Quem é você?

— Thomás — ele estende a mão. — Prazer. E você?

— Breno.

— Você é amigo do Murilo?

– Sim… – Breno agora me encara. – Pode se dizer que sim, eu acho. Você é amigo dele também?

– Eu sou namorado dele, na verdade – Thomás sorri, feliz.

O silêncio retorna e eu percebo o nítido clima de rivalidade. Me sinto mais perdido e confuso que antes. *Acorda, Murilo!* Quando decido falar, meu celular começa a tocar. É o número do meu trabalho. Atendo, preocupado.

– Alô?

A voz do meu chefe surge do outro lado da linha. Simpático e educado, ele explica o motivo da ligação. Eu assimilo o que ele diz e respondo sem força. Ele se despede e eu desligo o celular. Tento organizar na minha cabeça tudo o que eu acabei de escutar. Thomás e Breno me encaram. Sinto a primeira lágrima escorrer pelo meu rosto. Minha voz sai fraca.

– Era o meu chefe. Ele disse que não pode me liberar para trabalhar online em nenhum momento durante esse mês. A revista irá cobrir vários eventos e ele precisa de mim presencialmente – respiro fundo. – Então… eu não vou mais pro Rio. Eu não vou ver a Elena e o Nicolas.

Sinto meu coração quebrar.

Capítulo trinta e um
Oi

Quando Thomás para na frente do meu prédio, minhas lágrimas já secaram. Ele segura uma das minhas mãos.

— Você quer conversar?

— Eu realmente achei que ia passar meu aniversário com eles — começo. — Eu já tinha planejado tudo na minha cabeça. Eu vou completar um ano aqui. Um ano sem Elena, um ano sem Nicolas. Isso é tão errado.

— Eu sinto muito — Thomás tenta me consolar. — Eu gostaria de poder ajudar de alguma forma.

— Você pode fechar a empresa como fez com o restaurante? — tento brincar.

— Eu posso tentar — ele continua.

— Desculpa por ter estragado a noite de hoje — digo.

— Você não estragou nada, Murilo. Sério. Não se preocupa com isso.

— Você é o melhor namorado do mundo. Eu achei que seria fácil, sabe? Nem considerei a possibilidade de eu não conseguir viajar.

Deito minha cabeça no ombro de Thomás e ele mexe em meus cabelos. Agradeço em silêncio por ter conhecido ele.

— Ei — digo. — Obrigado por existir.

— Você é muito fofo — ele diz.

— É sério. Obrigado mesmo. Antes de te conhecer eu estava muito mal, muito sozinho. Tinha brigado com Nicolas, estava longe da Elena. Quase não via minha família, perdi o contato com praticamente todos os meus outros amigos. Então você apareceu. Ou melhor, eu literalmente esbarrei em você.

— Você não precisa agradecer por isso...

— Sim, eu preciso. Porque todo dia você faz com que eu me sinta feliz, seguro, confiante. Eu amo quando você sorri e quando segura a minha mão. Eu achava que tinha algo errado comigo. Achava que eu estava quebrado, sei lá. Eu não me sinto mais assim. Então sim, eu preciso agradecer.

– Eu amo você – diz Thomás.

– Eu também amo você.

Ficamos calados mais algum tempo, apenas aproveitando a presença um do outro.

– Você vai ficar bem? Quer que eu fique? – ele pergunta preocupado.

– Vou. Eu só preciso ficar sozinho um pouco – respondo, abrindo a porta do carro.

– Qualquer coisa me liga, ok? – ele pede.

– Ok!

Bato a porta e o carro segue pela rua. Subo para o meu apartamento. Jogo minha mochila no sofá, encho um copo de água e tomo um remédio para dor de cabeça. Penso sobre mandar uma mensagem para Lena e Nick, contando o que aconteceu, mas desisto.

É tão estranho ser adulto. Ninguém nos prepara para isso. Ninguém nos explica a verdadeira loucura que é. Por que aprendemos "Bhaskara" na escola em vez de "Como sobreviver à vida adulta e não ter um ataque de pânico"? Seria tão mais útil. Ando até o banheiro e encaro o meu reflexo no espelho.

– Não chore – peço a mim mesmo.

O pedido tem efeito contrário. No mesmo instante meus olhos se enchem de lágrimas. O que está acontecendo? Às vezes eu odeio ser tão sensível. Talvez fosse melhor antes, quando eu estava vazio, quando eu não conseguia sentir nada. *Você sabe que isso não é verdade, Murilo.* Será que não é? Era mais prático, tinha menos drama. Eu não sei como lidar com tantas emoções juntas. Estou triste porque não vou mais poder ver Elena e Nicolas como eu tinha programado. Mas também estou feliz por conta do pedido de namoro do Thomás. E confuso pela volta do Breno. *Apenas respire, ok?* Ok. Tomo um leve susto quando escuto a campainha tocar. Passo pelo corredor e abro a porta.

– Oi – diz Breno.

Capítulo trinta e dois
Por quê?

Demoro alguns segundos para assimilar o que está acontecendo.
– Breno?
– Posso entrar? – ele pergunta.
– Para quê? – consigo sentir um pouco de raiva em minha voz.
– Murilo...
– O quê? O que você quer, Breno?
– Saber como você está.
– Para você sumir por mais alguns meses? Eu não sou *como* uma faculdade à distância onde você só precisa aparecer algumas vezes no semestre. Você não pode fazer isso!
– Eu sei... – Breno parece envergonhado.
– Não, não sabe! Porque você já fez isso antes e eu já falei sobre isso antes também.
– Murilo... não é justo – a voz dele sai fraca. – Você sabe o que aconteceu da primeira vez. Você sabe sobre o meu pai.
Na mesma hora me arrependo.
– Desculpa – digo. – Eu só...
– Tudo bem. Não precisa se desculpar – ele diz.
– Você nunca ligou – começo. – Você disse que ia ligar, mas nunca ligou.
– Eu estava tentando ficar bem...
– Sobre o seu pai?
– Sim. Não. Sobre tudo.
– Tudo?
– É – Breno fala, confuso. – Estava tentando entender tudo o que aconteceu, tudo o que eu estava sentindo. Tudo o que eu sinto. Parece que é tudo ao mesmo tempo, sem intervalo *para* respirar e...
Enquanto ele fala, percebo que entendo muito bem tudo isso. Na verdade, é mais que entender: eu sinto. Todo esse

peso, toda essa confusão. Além disso, a situação dele é muito pior. Ele perdeu o pai. Eu não consigo nem imaginar viver em mundo onde meus pais não estejam mais do meu lado.

– Entra – digo.

Breno passa por mim e fica parado no fundo da sala, perto da janela.

– Tem algo que eu possa fazer com relação ao seu trabalho? – ele pergunta. – Quer que eu bata em alguém?

Isso me faz rir instantaneamente.

– Não, Breno. Não quero que bata em ninguém.

– Tem certeza? – ele sorri.

– Tenho. Meu chefe é uma ótima pessoa, na verdade. Se tivesse como me liberar, tenho certeza que ele faria. Só que, infelizmente, não é possível. Então...

– Nós podemos ir de moto para o Rio – ele sugere.

– "Nós"?

– Sim – Breno continua. – Podemos ir sexta depois do seu trabalho e voltamos domingo. Você sabe que eu dirijo bem, e de moto é rápido. Assim você pode ficar um pouco com a Elena e o Nicolas, pelo menos.

– Você realmente faria isso por mim? – pergunto, curioso.

– Sim. Com toda certeza. O que acha? Vamos?

Encaro Breno. Esse garoto tem o dom de me deixar completamente confuso.

– Obrigado pela proposta. Obrigado mesmo. Mas não tem como.

– Você tem certeza? – ele insiste.

– Sim, tenho.

– Posso perguntar uma coisa?

– Claro.

– É por causa daquele garoto que estava com você hoje? Tobias?

– Thomás.

– Tanto faz. É por isso?

– Não – eu respondo. – Por que seria?

– Não sei... Ele é seu namorado, não é?

– Sim. E?

– Talvez ele não deixe você viajar comigo... – Breno provoca.

– Ele é meu namorado. Não meu dono.

– Tem certeza?

– Ah, não! – Sinto que estou perdendo toda a minha pouca paciência.

– O que foi? – ele pergunta.

– Eu não consigo...

– Não consegue o quê?

– Isso! Você! – explodo. – Eu não consigo lidar com isso agora. Na verdade, eu não consigo lidar com isso em geral. Você cria uma confusão na minha cabeça! Parece estar interessado no que eu falo, mas então muda o seu foco para qualquer um que esteja flertando com você. Tenta me beijar sem eu demonstrar interesse e depois cuida de mim quando eu me machuco. Aparece no meu trabalho com um lanche, mas tentando ao máximo fingir que não é nada demais. Então passa um dia inteiro comigo e aí some por mais de um mês. Eu entendo que não foi fácil tudo o que você passou. Eu realmente entendo. Mas isso não te dá permissão para você ferrar com a minha cabeça. Isso não te dá permissão para você entrar e sair da minha vida quando você quiser. Por que você está aqui, Breno? Por que você voltou?

Breno me encara, respira fundo, e diz:

– Porque eu acho que amo você.

Capítulo trinta e três
Eu não amo você

Eu nunca estive tão confuso em toda a minha vida. E olha que eu já estive bem confuso. As palavras de Breno ecoam por minha cabeça. "Eu acho que amo você". Acha? Ama? Isso não faz sentido algum! O que ele quer dizer com isso? *Que ele gosta de frutos do mar.* O quê? *Acorda, Murilo! Quer dizer que ele acha que te ama.* "Eu acho que amo você". Como ele pode achar isso? *Você o ama?* O quê? Como assim? *Você ama o Breno?* Não! Claro que não. Eu mal conheço ele. *Você conhece ele há tanto tempo quanto você conhece o Thomás.* É diferente. *Por quê?* Porque eu realmente conheço Thomás. Eu sei qual é a cor predileta dele, qual cantor ele mais gosta, a sobremesa preferida, o que faz ele gargalhar, como ele adora andar de bicicleta, e ama todos os filmes de "Velozes e Furiosos" e "Transformers". *"Velozes e Furiosos" e "Transformers" são incríveis mesmo!* Exatamente! Eu sinto falta da Megan Fox, sabe? *Eu também!* Mas esse não é o ponto agora! *Qual é o ponto?* Eu não amo o Breno. Sinceramente não. Talvez eu sinta algo por ele. Afinal ele me deixa irritado, feliz, ansioso, e várias outras coisas. Mas isso não é amor. Breno é alguém genuinamente bom e eu gosto mesmo dele. Mas é só isso.

– Murilo? – a voz de Breno soa distante. – Murilo?

– Eu não amo você – as palavras fogem da minha boca.

O olhar de Breno se torna vazio, triste. Ele me encara em silêncio. Aqui vamos nós mais uma vez: Eu, Breno, e o maldito silêncio. Ele morde o lábio e então diz:

– Eu sei.

Eu não esperava essa resposta.

– Sabe?

– Sim – ele começa. – Como você poderia me amar? Você *nem* me conhece direito e isso é culpa minha. Na verdade... nem eu me conheço direito, Murilo. Eu me perdi. Eu não era assim. Eu sabia o que eu queria para minha vida, eu tinha planos, expectativas. Mas depois que o meu pai descobriu que estava doente, as coisas mudaram. Esses últimos anos foram insuportáveis. Tudo ao meu redor era dor, angústia e tristeza. De alguma forma eu sabia que ele iria embora. Acho que minha mãe também sabia. Toda essa situação destruiu ela. Antes de tudo isso nós estávamos sempre juntos, felizes. Nós éramos uma família. Então depois dos exames... Eu estava me sentindo tão vazio, tão perdido. Ele era um ótimo pai. O melhor pai do mundo. Ele ficou do meu lado durante todo o meu processo de transição. Me ajudando, me apoiando. Me amando. E eu queria poder retribuir. Mas... Eu me senti tão impotente. Tão pequeno. E eu queria sentir algo diferente disso. Qualquer coisa. Então eu tentei de todas as formas. Drogas, bebidas, sexo. Mas nada disso "ajudou". Nada disso me fez... Feliz. Então, naquela festa, no terraço, eu vi você. Eu entrei na sua frente na fila de propósito. Você ia ser só mais um garoto. O plano era pagar alguma bebida, flertar um pouco, transar, e nunca mais te ver.

– Que romântico – debocho.

– É a verdade – ele continua. – Mas não foi o que aconteceu. Você foi diferente. Você não quis um drinque, você não entrou no meu flerte, você não aceitou o meu beijo...

– Breno...

– O quê?

– Isso não quer dizer nada. Você não me ama. A questão é que você não está acostumado com as minhas reações. E eu consigo entender isso. O tempo inteiro nós escutamos desde criança que os opostos se atraem, que se alguém implica com você ou te trata mal é porque na verdade está interessado. Isso é ridículo. Nós não somos apenas um capítulo em um livro de física. Ou personagens estereotipados em algum roteiro previsível e antiquado de um romance. Nós somos seres humanos. Você não me ama. Você gosta do desafio, do jogo, da dificuldade. Você gosta do meu "não" porque nós fomos criados para achar que dessa forma, quando você conseguir meu "sim", será muito melhor. Mas isso não é verdade.

Breno me observa, pensativo.

– Eu tinha certeza que você falaria isso – ele ri. – E essa é mais uma coisa que eu gosto em você: A forma como a sua cabeça funciona. Eu gosto de como você tenta esconder quando sorri, gosto do seu humor seco e ácido, gosto de como seu olhar consegue expressar tudo o que você está sentindo, gosto como você acredita que as pessoas podem melhorar e que o nosso mundo não está perdido, gosto do seu jeito desastrado, gosto da sua espontaneidade, gosto do seu apego pela sua família e pelos seus amigos. Eu poderia ficar durante um bom tempo falando sobre tudo que eu gosto em você. Quando eu estou com você eu sinto uma paz que eu não sentia há muito tempo. Eu não sei o que é amor, Murilo. Eu nunca senti isso por alguém. Mas, durante esse tempo afastado, eu pensei muito sobre isso. Sobre você. É por isso que eu acho que eu te amo. Porque todos esses dias, em algum momento, eu pensei em você. E, mesmo que você não sinta isso também, eu precisava te contar.

Capítulo trinta e quatro
Contato de emergência

Breno anda para a varanda e acende um cigarro. Eu me levanto, pego o cigarro de sua mão, e dou uma tragada. Solto a fumaça lentamente.

– Eu não sei o que dizer, Breno. Eu gosto de você. Eu realmente gosto. E se você quiser ser meu amigo, eu vou ficar muito feliz. Mas é a única coisa que eu posso te oferecer: minha amizade. Eu não sei o que fazer sobre tudo isso que você me disse agora. E na verdade não importa. Eu estou com o Thomás. E eu amo muito ele. Desculpa...

– Eu aceito – ele responde.

– O quê? – pergunto, sem entender.

– A sua amizade – Breno diz. – É uma droga que eu tenha chegado tarde demais. Mas se, de alguma forma, eu ainda posso estar do seu lado, vendo o seu sorriso, escutando sua voz, isso é o suficiente para mim.

Encaro seus lindos olhos verdes e sorrio.

– Você sempre me surpreende – eu digo.

– É o meu charme – ele sorri. – Eu acho melhor eu ir embora agora. Você precisa descansar.

Breno caminha para a porta.

– Antes de você ir – começo. – Me dá o seu celular.

Ele me entrega o aparelho. Busco o meu número, coloco como contato de emergência, e mostro para ele.

– Pronto – digo. – Me ligue. Não uma vez a cada três meses. Mas a qualquer momento, para conversar, desabafar, rir. Como amigos fazem.

– Como amigos fazem... Ok! Até depois, Murilo – Breno se despede, beijando meu rosto. – E eu espero que você consiga ver Elena e Nicolas logo.

– Eu também – concordo. – Até, Breno.

Fico sozinho novamente. Deito na minha cama e olho o teto do meu quarto. Tento esvaziar minha cabeça. Por fim, quando estou quase conseguindo, decido pegar meu celular. "Você está com Nick?", mando uma mensagem para Elena. "Sim", ela responde rapidamente. Então inicio uma chamada de vídeo com eles.

— Ei, baby — diz Lena.

— O que conta de novo? — pergunta Nick.

Respiro fundo e digo:

— Vocês estão sentados?

— Sim — os dois respondem.

— Ótimo! Porque eu tenho muitas coisas para contar para vocês!

Explico os últimos acontecimentos para Elena e Nicolas. Conto sobre a surpresa de Thomás, o pedido de namoro. Os dois parecem felizes por eu ter aceitado. Falo também de Breno e sua declaração, e eles se mostram tão confusos quanto eu. Por fim, chego na parte que eu estava tentando evitar durante toda a conversa.

— Eu preciso contar mais uma coisa para vocês — minha voz falha.

— O que houve? — Nicolas pergunta.

— É algo ruim, não é? — Elena diz, intrigada.

— Sim. Eu não vou mais para o Rio.

— Não! — reclama Elena. — Isso não está acontecendo!

— Por quê? — pergunta Nick.

— Eu tentei — me esforço para não chorar. — Mas não consegui ser liberado no trabalho. Então eu não tenho como ir. Eu sinto muito.

— Não é sua culpa, maninho — Nicolas tenta me consolar.

— Nós entendemos, baby — Elena completa.

E assim acabamos em silêncio. Não há mais nada para falar. Nós três estamos quebrados. Eu consigo ver em seus olhares que eles estão tristes e decepcionados. O pior de tudo é que não existe nada que possamos fazer.

— As coisas eram mais fáceis antigamente — concluo.

— Sim — ambos concordam.

Mais silêncio.

Capítulo trinta e cinco
Parabéns para você

Hoje é meu aniversário. Acordo com a ligação da minha mãe desejando todas as coisas boas que ela me deseja todo ano. Meu pai me manda uma mensagem e diz que me vai me ligar mais tarde. Olho meu celular e vejo nas redes sociais meus amigos me dando parabéns.

Eu sempre amei aniversários. Principalmente o meu. *É o meu dia.* Amo cada parte. A família e amigos reunidos, os presentes, as comidas, a decoração, as mensagens, as ligações. Tudo. Coloco "Don't Be so Hard on Yourself", de Jess Glynne, para tocar no máximo em meu celular. Levanto contente e começo a pular na minha cama, dançando sem ritmo algum. A animação continua ao som de "Keeping Your Head Up", de Birdy, e "Resilient", de Katy Perry, Tiësto e Aitana.

O sorriso em meu rosto some rapidamente quando começa "Between Us", de Little Mix. Uma lembrança surge em minha cabeça: Eu, Elena e Nicolas pulando animadamente na cama no meu último aniversário.

— Como é ficar mais velho? – questionou Lena.

— Eu não sei – respondi. – Acho que continua a mesma coisa.

— Mas é melhor fazer uma bateria de exames, só por precaução – disse Nick, animado.

— Quanto etarismo – rebati.

— É verdade. Desculpa.

Nós três rimos. Eu ainda lembro perfeitamente o som das nossas gargalhadas. Elena deixou o quarto e algum tempo depois voltou com um cupcake e uma vela azul. Nick tirou seu isqueiro do bolso e a acendeu.

— Você precisa fazer um pedido – disse Elena.

— Algo que você queira muito – completou Nick.

Então fechei meus olhos e fiz. Desejei em silêncio e assoprei a vela.

– Ok, o que você pediu? – Nicolas perguntou.

– Ele não pode contar, Nick – Elena o repreendeu, dando um leve tapa em seu braço. – Ah, é!

Então nós três voltamos a rir.

Agora, sozinho em meu quarto, eu lembro do pedido:

– Nós três, sempre e para sempre – minha voz é fraca.

Ando para o banheiro e tomo uma ducha. Enquanto preparo meu café da manhã, Gato brinca entre minhas pernas. Ele pula no balcão e me observa.

– Miau – ele diz.

– Obrigado. O seu parabéns é muito importante para mim – faço carinho nele.

Decido me arrumar e sair. *É o meu dia.* Eu não vou me permitir ficar triste e nostálgico. Coloco minha roupa predileta e saio, sem planos. Passo na cafeteira de sempre e pego o meu latte gelado com baunilha. Enquanto tomo minha bebida, penso sobre o que eu quero.

– Livros!

Vou para uma livraria e passeio pelos corredores. Ando por entre as estantes, olhando as prateleiras, escolhendo alguns livros. Sento em uma velha poltrona e começo a folhear as páginas. Mergulho no mundo desconhecido que está em minhas mãos. Algum tempo depois, percebo que estou com fome. Compro todos os livros que peguei e deixo a loja com uma grande sacola. Almoço em um dos meus restaurantes preferidos. A comida é vegana e absurdamente deliciosa. Enquanto eu como, lembro de Nicolas preparando o meu jantar de aniversário.

– Vocês precisam experimentar isso – Nick falou, empurrando pequenos bolinhos na minha boca e na de Elena.

Estávamos na cozinha da nossa antiga casa. Nicolas tinha montado um cardápio de receitas veganas e vegetarianas. Ele e seu pai sempre seguiram esse estilo de vida. Então, quando moramos juntos, acabamos adotando parcialmente essa dieta também.

– Nossa! – Elena disse. – Isso é maravilhoso.

– Nick, você cozinha muito bem! – completei.

– Podem agradecer ao meu pai por isso – ele disse, sorrindo.

Em algum momento, aproveitei a distração dos dois e me tranquei silenciosamente no banheiro. Algumas semanas antes eu tinha começado a me sentir distante. Havia um vazio em mim e eu não conseguia entender o motivo. Aos poucos eu me afogava em agonia. Encarei meu olhar, estranho para mim, no espelho à minha frente.

– Parabéns para você – disse, sem reconhecer minha voz.

Capítulo trinta e seis
O jogo

Tenho que fugir da nostalgia. Decido me mimar e passo em algumas das minhas lojas favoritas para comprar algumas roupas e outras coisas que preciso. Em meus ouvidos, "I Love Me", de Demi Lovato, funciona quase como uma oração motivacional. Antes de ir para casa paro em uma confeitaria, compro um cupcake de mirtilo e uma pequena vela. Chego no meu apartamento e jogo as sacolas pelo chão da sala. Desabo no sofá, finalmente percebendo o meu cansaço. Gato surge e me encara.

– Como foi seu dia? – tento conversar.

– Miau – ele responde.

– Eu comprei algo para você!

Vou até uma das sacolas e pego um pequeno embrulho. Tiro uma coleira azul, com um pingente prateado. Coloco em Gato, que reluta um pouco. Por fim ele aceita e deita no sofá. Abro a embalagem com o cupcake, ponho a vela em cima, e pego uma caixa de fósforos na cozinha.

– Será que a gente vence "O jogo" em algum momento? – pergunto, olhando para Gato. – A vida, no caso. Será que em algum momento a gente passa por todas as fases e simplesmente ganha?

Sento na cadeira em minha frente e brinco com os fósforos em cima da mesa. Acendo um após o outro.

– Eu realmente acho que a vida é boa, que o mundo é bom, que tudo está melhorando cada vez mais. Só que às vezes é tão difícil manter o otimismo. As coisas estão indo bem, então algo acontece e... Eu sei que existem problemas muito maiores que não conseguir viajar e ficar com os amigos. Eu sei que nesse exato momento existem pessoas passando por dificuldades horríveis. Mas eu não quero comparar sofrimentos. Ninguém deveria fazer isso na verdade. Não é justo.

A(mar)
em
notas

Gato continua me olhando. Suas orelhas mexem de vez em quando. Por fim ele boceja, deixa o sofá, passa por minhas pernas, e vai para o quarto.

– Foi bom conversar com você!

Então acendo a vela e observo a chama por alguns segundos. Assopro, sem ânimo.

– Sem pedidos dessa vez.

O som da campainha me faz pular da cadeira, levemente assustado.

– Quem é?

– Eu – Thomás responde do outro lado.

Abro a porta e ele entra. Thomás está extremamente arrumado, com seu sorriso estampado no rosto e cheiroso como sempre.

– Por que você não atende seu celular?

– Eu estou evitando ele – admito.

– Murilo...

– Eu não consigo lidar com isso hoje – começo. – Realmente não consigo. Já foi bem difícil ler algumas mensagens. Mas atender a ligação da Elena ou do Nicolas hoje será bem pior. Então eu prefiro ficar longe do meu celular. Ok?

– Ok – ele responde.

– Sério?

– Sim. O que for melhor para você! – Thomás diz. – Agora vamos.

– Para onde?

– Sair. É seu aniversário. Você não achou que ficaria sem comemorar, não é?!

– Thomás...

– Você não quer atender o seu telefone? Tudo bem, eu entendo. Mas é o seu aniversário hoje e eu não vou deixar você ficar em casa sozinho e triste. Eu reservei um restaurante para a gente.

– Você fechou outro restaurante? – pergunto, sem acreditar.

– Não – ele ri. – Dessa vez é uma reserva normal.

– Ok! – digo. – Eu preciso me arrumar. Você espera um pouco?

– Claro.

Tomo um banho rápido e pego algumas roupas novas para vestir. Thomás brinca com Gato enquanto me arrumo. Verifico o celular rapidamente. Sem mensagens ou ligações de Elena e Nicolas. Melhor assim, Murilo. Melhor assim. Quando acabo de me arrumar, volto para sala.

– Pronto.

– Você está lindo – Thomás me beija. – Como sempre!

– Obrigado – sorrio.

– Antes da gente ir para o restaurante, eu preciso passar em casa – ele diz. – Eu esqueci minha carteira.

– Sem problemas.

– Tchau, Gato. – Thomás se despede enquanto saímos pela porta.

Capítulo trinta e sete
Feliz aniversário

No carro de Thomás, as minhas músicas favoritas tocam uma atrás da outra. Ele criou uma playlist para mim? Começa com "Walking The Wire", de Imagine Dragons, passando por "My Only One (No Hay Nadie Más)", de Sebastian Yatra e Isabela Merced, e chegando até "A Thousand Years", de Christina Perri.

– Como você sabe sobre todas essas músicas? – questiono.

– Porque você cantarola todas elas, bem baixinho, quando está escrevendo algo ou tentando se concentrar – ele responde.

– Eu? – pergunto, surpreso.

– Sim, você! – Thomás diz. – Você nunca percebeu isso?

– Acho que não. Não reparo muito em mim.

– Pois deveria.

– Deveria o quê?

– Reparar mais em você. É uma das coisas que eu mais gosto de fazer – ele sorri.

Sorrio também. Penso em agradecer, dizer que o amo. As palavras tomam forma em minha cabeça, mas eu não consigo falar. Desde pequeno, todos ao meu redor sempre me descrevem como extrovertido, comunicativo e carismático. Eu me enxergo assim também, mas, quando estou triste, me fecho de tal forma que fica nítido que algo não está bem. Eu quero me expressar, mas o silêncio me afoga. Eu quero debater, mas o vazio me segura. Eu quero lutar contra, mas me sinto tão perdido que não sei nem por onde começar. *Lute, Murilo. Lute! Como? Sendo você.* Eu não sei se consigo. *Você é mais forte do que pensa.* Respiro fundo.

– Obrigado por estar aqui – digo. – Eu amo você.

– Eu também te amo – Thomás responde. – Vai dar tudo certo, Murilo. Logo, logo você verá seus amigos.

– Eu sei – concordo.

Chegamos no prédio de Thomás e entramos no elevador. Luto contra minha vontade de ficar em silêncio. Eu sei que isso não é saudável. Eu sei que, por mais que eu esteja com muita saudade de Elena e Nicolas, me perder em tristeza não é a solução.

– Você acha que podemos comer muito chocolate hoje? – tento puxar qualquer assunto com Thomás.

– Sim! – ele responde, feliz.

– E sorvete também?

– E sorvete também! – ele ri. – E o que mais você quer?

– Batatas fritas!

– E mais o quê?

– Hambúrguer! – eu rio. – E milkshake!

– Bem, talvez eu tenha que mudar a reserva então...

– Por quê?

– Porque é um restaurante japonês – ele diz.

Nós dois rimos e paramos na frente da porta de seu apartamento. Minha risada aos poucos perde a força. Meus olhos ficam levemente marejados. Eu não consigo segurar as lágrimas que chegam.

– Desculpa – digo, escondendo meu rosto.

– Murilo, você não precisa se desculpar. Você não está fazendo nada de errado.

– É claro que eu estou – respondo. – Estou acabando com o clima da nossa noite. Agindo como um garoto mimado que não consegue lidar com o fato de que a vida adulta é assim. Que nem sempre é do jeito que a gente quer.

– Não diz isso...

– É verdade, Thomás. Tem pessoas que não têm o que comer ou onde dormir. Pessoas que perderam parentes queridos. E aqui estou eu, completamente saudável, triste como se fosse o fim do mundo.

– Não é uma competição, Murilo – ele me abraça. – Você sabe que não é. Tudo bem você estar triste, tudo bem você ficar mal. Cada pessoa tem os seus problemas.

Ficamos em silêncio durante alguns segundos.
— Mas eu espero que isso possa ajudar um pouco — Thomás diz.
— Isso o quê? — pergunto, sem entender.
Então ele abre a porta do apartamento. Todo o ar do lugar parece desaparecer. Eu não consigo respirar. Eu não consigo falar. Eu não consigo ter qualquer reação porque na minha frente estão Elena e Nicolas. Ela tem lágrimas em seus olhos. Ele exibe um enorme sorriso em seu rosto. Eu sinto como se eu estivesse prestes a desmaiar.
— Feliz aniversário — os dois falam juntos.

Capítulo trinta e oito
Obrigado

Nunca em toda minha vida meu coração bateu tão forte e tão rápido. Eu quero correr na direção deles, mas tenho quase certeza de que não existe força suficiente para fazer qualquer movimento. *Aconteça o que acontecer, não desmaie.*

– Eu não acredito nisso! Como vocês... Quando vocês...? – tento organizar meus pensamentos. – Ah, eu acho que eu vou desmaiar!

– Dramático como sempre – Nicolas ri.

– Nada de novo sob o sol – diz Elena.

Os dois andam em minha direção e me abraçam. Eu vou desmaiar. Thomás aparece com um copo de água e eu tomo um gole, tentando respirar calmamente, enquanto Elena e Nicolas me explicam o que está acontecendo.

– Quando você soube que não poderia ir para o Rio, Thomás ligou para a gente – ela conta.

– Ele teve a ideia de nos trazer para cá – revela Nicolas.

– Então nós acertamos as coisas nos nossos trabalhos e nas faculdades.

– E viemos correndo, ou melhor, voando para São Paulo.

Olho para Thomás, que está um pouco distante, como se desse espaço para nós três.

– Você?! – digo.

– Eu – ele sorri.

Me atiro nos braços de Thomás e o beijo com todo o amor que eu sinto por ele.

– Eu amo você! Esse é o melhor presente que eu já ganhei na minha vida inteira! Eu amo você! Como? Você é incrível! Eu não acredito nisso! Eu já disse que eu amo você?

– Duas vezes – ele brinca. – Mas pode repetir quantas vezes você quiser!

– Eu amo você, eu amo você, eu amo você.

Então me viro para Elena e Nicolas, e grito de felicidade. Eles riem e começam a gritar também.

— Que saudade disso — confesso. — Que saudade de nós.

— Tem sido completamente insuportável sem você, maninho — diz Nick.

— É como se estivesse tudo errado, amigo — completa Elena.

— Nós estamos juntos agora. É a única coisa que importa — eu falo.

Nós três nos abraçamos e ficamos assim por um bom tempo. Entre sorrisos, lágrimas, risadas. Eu gostaria de congelar esse momento, guardar ele para todo o sempre. Nós três juntos novamente. Como sempre foi. Como nunca deveria ter deixado de ser.

— Nós precisamos fazer alguma coisa — digo, animado. — Eu tenho tanta coisa para mostrar para vocês. Meu apartamento, a cidade, minha cafeteria predileta, minha universidade, meu trabalho. Tudo!

— Você terá todo o tempo do mundo para isso — Nick fala. — Nós ficaremos o mês inteiro de férias aqui.

— Mas agora é hora de comemorar o seu aniversário! O jantar está de pé, certo? — Lena pergunta para Thomás.

— Sim — ele responde.

— Eu só vou trocar de roupa e então podemos ir — ela diz.

— Eu também — Nicolas fala.

— Fiquem à vontade. Os quartos são por esse corredor e o banheiro é à direita — Thomás explica.

— Você vem com a gente? — Elena olha pra mim.

— Eu preciso conversar com ele — aponto para Thomás.

— Tudo bem então — ela sorri. — Não vamos demorar.

Eles desaparecem pelo corredor e, por um pequeno momento, tenho medo de que não voltem. Eu sei que é besteira. Afasto essa bobagem dos meus pensamentos e foco no estonteante garoto na minha frente.

– Eu nunca vou conseguir te agradecer por isso – digo. – Nunca.

– Você não precisa agradecer, Murilo – ele responde.

– Sim, eu preciso. Mas não existem palavras ou ações para isso. Obrigado por existir, Thomás. Obrigado por ser alguém tão bom e doce. O meu mundo é um lugar bem melhor com você. Na verdade, o mundo inteiro é um lugar bem melhor com você. Eu te amo. Obrigado.

Capítulo trinta e nove
Augusto & Catarina

Thomás resolve procurar alguma bebida para comemorar. Decido ir atrás dos meus amigos e entro no quarto onde eles estão. Nick está vestindo uma blusa longa e cinza, com uma jaqueta jeans e sua habitual bota preta. Eu sempre fico impressionado com o fato dele ser tão estiloso e original. Lena usa um longo vestido rosa claro. Seu lindo cabelo ruivo cai sobre seus ombros. Ela coloca um colar e brincos enquanto se olha no espelho. *É como se Elena tivesse roubado toda a beleza do mundo para ela.*

– Eu ainda não consigo acreditar que vocês estão aqui – admito.

Eles me encaram, felizes.

– É melhor você começar a acreditar – diz Nicolas.

– Porque é verdade – completa Elena. – E nós ficaremos aqui por um bom tempo.

– Eu vou acabar chorando de novo.

– Não tem problema nenhum nisso – Nick sorri.

– Não mesmo – fala Lena. – O universo sabe o quanto eu chorei desde que você foi embora...

– Eu sinto muito – minha voz é fraca.

– Você não fez nada de errado – é Nicolas quem responde.

Nós ficamos em silêncio. Então deitamos na cama, olhando para o teto.

– Thomás é um cara muito legal, Murilo – ele diz.

– Sim, demais. Eu não sei o que seria de mim sem ele. A verdade é que antes, quando eu vim para São Paulo, eu fiquei praticamente sozinho durante alguns meses. Minha mãe e minhas tias me ajudaram bastante, mas estar aqui sem vocês e sem vontade alguma de fazer novos amigos... Foi complicado. Eu acho que estava indo por um caminho bem sombrio e triste. Então ele apareceu. E eu nunca conheci alguém como ele antes.

– Viu? Eu disse para você, várias e várias vezes – Elena fala. – No momento certo, você encontraria o seu príncipe encantado.

– Você estava certa – concordo. – Se bem que ele é mais que isso.

– Como assim? – ela pergunta.

– Ele é mais que um príncipe encantado. Ele é real.

– Você merece, maninho.

– Obrigado – respondo. – Já que estamos falando em Thomás, como estão a Catarina e o Augusto?

Nicolas e Elena se olham, desconfortáveis.

– Eu não sei como eu e o Gus estamos – Elena confessa. – Tem sido complicado para nós dois. Eu não tenho parado por conta da faculdade e do trabalho. Ele também tem estado ocupado quase o tempo inteiro. E, agora que finalmente consegui férias, eu vim para cá.

– Amiga...

– Era o que eu realmente queria, Murilo. Eu amo ele. Amo mesmo. Mas eu queria ficar com você, passar um tempo aqui. Nós três apenas. Fica tranquilo. Vai dar tudo certo.

– Sim! Vai ficar tudo bem! – Concordo. – E a Catarina, Nick? Como está?

– Bem...

– Só isso? – brinco. – Bem?

– Ela está indo embora do Brasil – ele responde. – Semana que vem, na verdade.

– O quê? Como assim?

– Ela queria viajar há algum tempo, conhecer outros lugares, viver novas experiências. Então nós sentamos, conversamos sobre o nosso relacionamento e fizemos o que achamos melhor para nós dois.

– Que é?

– Nós ainda estamos juntos. Será um relacionamento à distância por enquanto. Daqui a pouco ela vai estar de volta. Então estou tentando pensar positivo.

– Vocês nasceram um para o outro, maninho – digo.

– Eu tenho certeza que vocês vão ficar bem! – Elena completa.

– Sim – ele concorda. – Eu sei.

– Nós vamos ficar bem – digo. – Estamos juntos agora.

Capítulo quarenta
Por favor, não

Saímos do quarto e voltamos para a sala. Thomás está em pé, com quatro taças em uma mão e uma garrafa de champanhe na outra. Ele nos observa e diz:

— Vocês combinam juntos.

Nós três sorrimos. Já escutamos isso antes, diversas vezes. As pessoas sempre comentaram como eu, Elena e Nicolas formávamos um ótimo trio. Thomás nos entrega as taças e nos serve a bebida.

— Um brinde – ele propõe.

— Ao quê? – eu pergunto.

— Você! – os três respondem.

— O melhor irmão – começa Nicolas.

— O melhor amigo – completa Elena.

— O melhor namorado que alguém pode ter – finaliza Thomás.

Nós brindamos e bebemos. Até que o gosto é bom.

— O que vamos fazer agora? – pergunta Elena.

— Eu já chamei um Uber para nos levar para o restaurante – Thomás diz.

— Ótimo – fala Nick. – Depois do jantar, nós vamos para a festa mesmo?

— Que festa? – pergunto, surpreso.

— Nicolas! – Elena e Thomás chamam sua atenção.

— Eta! – ele ri. – Foi mal, gente. Eu esqueci que era surpresa.

— Existe uma festa? – questiono.

— Sim, existe uma festa – Thomás sorri.

— Ah, não…

— Ah, sim! – Elena brinca. – Nós precisamos ir para alguma festa, dançar, beber. Comemorar o seu dia!

— Isso mesmo! – concorda Nick.

— Tudo bem – aceito.

– Vamos descer então – Thomás diz. – O carro já está chegando.
– Ok – digo. – Alguém viu o meu celular?
– Eu acho que estava no sofá – Nick responde.
Procuro entre as almofadas e encontro meu telefone. Quando o pego, aparecem diversas mensagens e inúmeras ligações do mesmo número: Breno. Que estranho.
– Achou? – Elena pergunta.
– Sim – respondo.
– Então vamos? – Nicolas diz.
– Calma – falo. – Só um minuto.
Antes que eu consiga descobrir do que se tratam as notificações, uma chamada surge. É o celular de Breno novamente. Atendo, preocupado.
– Alô?
Não é Breno quem está do outro lado. Não é a voz dele que responde o meu "Alô". Eu demoro a entender o que está acontecendo. A pessoa do outro lado da linha tenta me explicar com calma toda a situação. Eu sei o que ela está dizendo, mas não consigo compreender o que significa exatamente.
– Não, não, não – digo sem força. – Por favor, não.
Minha cabeça gira, me sinto tonto, minha respiração está fraca. Por que eu não estava com o meu telefone? Por que eu não vi as mensagens? Por que eu não atendi as ligações? Enquanto a médica me explica o que aconteceu, meu braço perde a força e desaba ao lado do meu corpo, deixando o celular cair. Thomás, Elena e Nicolas me encaram, preocupados.
– Murilo, o que houve? – Thomás é o primeiro a perguntar.
– Você está pálido – Elena parece assustada.
– O que aconteceu? – questiona Nicolas.
Eu consigo sentir a dor destruindo o meu coração.
– É o Breno – tento respirar. – Ele teve uma overdose.

A(mar) em notas

—

Velas

Criada por
Luiz Fellipe

Capítulo um
Santuário

Eu nunca fui uma pessoa religiosa. Em toda a minha vida, nunca segui uma religião. Conheci várias, aprendi um pouco sobre algumas, mas em momento algum me senti atraído por qualquer caminho religioso. Então decidi que a minha religião, a minha crença, seria fazer o bem e tentar o meu máximo para transformar o mundo em um lugar melhor.

Agora eu estou em um Santuário, dentro do hospital em que Breno está internado. "Leave a Light On", de Tom Walker, toca baixo em meus fones. O lugar é aconchegante e ao mesmo tempo um pouco sombrio. É como se a energia amorosa das orações e pedidos se misturasse com toda a dor e desespero de receber uma notícia ruim.

Eu não estou ajoelhado. Eu não vim para rezar ou pedir algo. Me encontro em pé, observando a decoração ao redor. Existem estátuas, enfeites e objetos de praticamente todas as religiões. Gosto disso. Gosto do fato de que segmentos religiosos possam conviver em paz e harmonia. Afinal, o número de religiões existentes no mundo é gigantesco. Acredito que deveríamos parar de tentar convencer uns aos outros de que apenas uma é a correta e começar a respeitar a crença do próximo. Até porque, se a existência da sua religião fere a vida de alguém, está na hora de rever no que você está investindo a sua fé.

– O que você está pensando? – A voz de Elena quebra a minha linha de raciocínio enquanto ela para ao meu lado.

– Religiões – admito, guardando os meus fones.

– Esse é um tópico interessante.

– Completamente.

Elena segura a minha mão e vira meu rosto para ela.

– Ele acordou. A mãe dele estava no quarto, mas agora está conversando com os médicos sobre opções de centro de reabilitação.

– Ela quer internar ele? – pergunto preocupado.

– Amigo, é o melhor a ser feito.

– É – respiro fundo. – Eu sei.

Alguns segundos passam em silêncio antes que a voz de Elena volte a cortar o ar.

– Ele quer ver você.

Sinto o meu coração parar no instante em que escuto as palavras. Fecho os olhos e penso nos últimos dias. A ligação, a notícia, o desespero. Consigo sentir cada pedaço do medo excruciante que tomou conta de mim naquela noite. Uma parte dele permanece comigo.

– Eu não sei se isso é uma boa ideia. E se não fizer bem para ele? Ele não deveria descansar? E o que irei falar? Desculpa por não ter atendido nenhuma das suas ligações enquanto você estava morrendo? Sinto muito? Eu não deveria... Eu não sei o que dizer. Na verdade, eu não sei nem o que eu estou sentindo.

– Tem certeza? – ela questiona.

– Como assim?

– Acho que você sabe exatamente o que está sentindo.

É incrível como Elena me conhece. Em todos os sentidos, sobre todas as questões. Às vezes parece que ela sabe o que eu irei falar ou fazer, antes mesmo que eu saiba.

– Sim – digo. – Eu sei exatamente o que estou sentindo. Estou me sentindo culpado por não ter atendido as ligações, com raiva por me sentir culpado por algo que não é minha culpa, preocupado com a saúde dele, irritado por ele ser tão caótico, triste por não ter conseguido ajudar, feliz por ele estar vivo e com medo de algo ruim acontecer.

– São muitas coisas para sentir ao mesmo tempo – Elena aperta a minha mão carinhosamente.

– São – concordo. – Mas, além de tudo isso, eu me sinto completamente...

– Confuso? – ela brinca.

– Sim – levo as mãos ao rosto.

– Por quê?

Por quê? Há quanto tempo eu sei disso? Há quanto tempo eu sinto isso? Como foi que eu não percebi antes? *Você percebeu, Murilo. Mas não quis aceitar.* Não faz o menor sentido. Não tem lógica. Nós não nos conhecemos tão bem assim para isso ser verdadeiro, para poder existir. Não é possível. *Você não pode racionalizar um sentimento. Isso não é saudável.* Eu sei. *Sabe mesmo?* Que droga!

– Eu amo o Breno – admito.

– Acho que eu já imaginava isso, amigo.

– Mas eu amo mais o Thomás.

– Eu sei – Elena tenta me reconfortar. – É possível amar duas pessoas ao mesmo tempo, Murilo.

– Eu me sinto tão exausto. Mentalmente, emocionalmente, fisicamente. Como se eu estivesse me afogando.

– Vai ficar tudo bem – ela promete. – Você só precisa lidar com uma questão de cada vez. Começando pelo Breno, baby.

Encaro Elena, ciente de que ela tem razão. Enquanto andamos pelos amplos e bem iluminados corredores do hospital, penso sobre o que devo falar com Breno. Como devo falar. Tento encontrar as palavras corretas. Busco por alguma forma de fazer com que a conversa possa ser leve, fácil. Reflito, em uma agonia silenciosa na minha cabeça, tentando controlar todos os possíveis cenários. Então me lembro da noite em que o conheci e recordo de algo que ele me disse: "Você é extremamente racional". Bem, acho que é verdade. Eu e Elena paramos em frente ao quarto de Breno. Engulo em seco, tentando esconder o meu nervosismo. Lena me abraça e passa a mão pelo meu cabelo.

– Você consegue! – ela me encoraja. – Eu vou ficar com o Nick na recepção, okay?

– Tudo bem – respondo.

Espero alguns segundos antes de entrar, receoso. Abro a porta com cuidado, tentando não fazer barulho. O ambiente é frio e claro. Existe uma grande poltrona branca, uma mesa redonda com arranjos de flores e equipamentos médicos ocupando o espaço.

Minha atenção é atraída diretamente para Breno. Ele está deitado na maca, coberto com lençóis, encarando o horizonte por trás da grande janela de vidro. Diversos fios estão grudados em seu tórax e tubos inseridos em seu braço. Sua pele tem um tom acinzentado e seu cabelo bagunçado cai sobre a testa. O rosto de Breno está marcado com alguns hematomas e olheiras profundas. Tenho vontade de chorar, mas contenho minhas lágrimas.

Então Breno nota minha presença no quarto e sorri. Percebo o esforço necessário por trás dessa simples ação e tento retribuir, mascarando minha tristeza. Forço meus pensamentos a focarem no que realmente importa: Ele está vivo. Observo seus lindos olhos verdes enquanto ele sustenta meu olhar com carinho. Vai ficar tudo bem. Tem que ficar.

– Oi, Breno – digo.

– Oi, Murilo – ele retribui.

A(mar) em notas

-

Caderno de personagens

Murilo Paz

- Idade: 24 anos.
- Signo: Câncer.
- Linguagem do amor: Presentes.
- Estação do ano: Outono.
- Comida que mais ama: Chocolate.
- Bebida preferida: Água de coco.
- Atividade física: Ciclismo.
- Rede social: Twitter.
- Música que repete sempre: "A thousand years", de Christina Perri.
- Série favorita: Jane The Virgin.
- Filme que mais gosta: La La Land.
- Livro predileto: "Com amor, Simon", de Becky Albertalli.

A(mar) em notas

Thomás Luz

- Idade: 25 anos.
- Signo: Touro.
- Linguagem do amor: Atos de serviço.
- Estação do ano: Verão.
- Comida que mais ama: Pizza.
- Bebida preferida: Cherry Coke.
- Atividade física: Natação.
- Rede social: Instagram.
- Música que repete sempre: "Música secreta", de Manu Gavassi.
- Série favorita: This Is Us.
- Filme que mais gosta: Moonlight.
- Livro predileto: "Vermelho, branco e sangue azul", de Casey McQuiston.

Breno Oliveira

- Idade: 25 anos.
- Signo: Escorpião.
- Linguagem do amor: Tempo de qualidade.
- Estação do ano: Verão.
- Comida que mais ama: Lasanha.
- Bebida preferida: Suco de laranja.
- Atividade física: Corrida.
- Rede social: Nenhuma.
- Música que repete sempre: "Monstros", de Jão.
- Série favorita: Fleabag.
- Filme que mais gosta: Interstellar.
- Livro predileto: "Eu sou o mensageiro", de Markus Zusak.

A(mar) em notas

Elena Avelar

- Idade: 23 anos.
- Signo: Virgem.
- Linguagem do amor: Palavras de afirmação.
- Estação do ano: Inverno.
- Comida que mais ama: Sushi.
- Bebida preferida: Água com gás.
- Atividade física: CrossFit.
- Rede social: TikTok.
- Música que repete sempre: "If I had a gun", de Noel Gallagher.
- Série favorita: Black Mirror.
- Filme que mais gosta: Tudo em Todo o Lugar ao Mesmo Tempo.
- Livro predileto: "A cidade do sol", de Khaled Hosseini.

Nicolas Kato

- Idade: 22 anos.
- Signo: Leão.
- Linguagem do amor: Toque físico.
- Estação do ano: Primavera.
- Comida que mais ama: Risoto de cogumelos.
- Bebida preferida: Café.
- Atividade física: Futebol.
- Rede social: Pinterest.
- Música que repete sempre: "In my life", de The Beatles.
- Série favorita: The Bold Type.
- Filme que mais gosta: Barbie.
- Livro predileto: "A droga da obediência", de Pedro Bandeira.

A(mar) em notas

editoraletramento
editoraletramento.com.br
editoraletramento
company/grupoeditorialletramento
grupoletramento
contato@editoraletramento.com.br
editoraletramento

editoracasadodireito.com.br
casadodireitoed
casadodireito
casadodireito@editoraletramento.com.br